WHITNEY G.

eu deveria ter confiado em você

São Paulo
2015

UNIVERSO DOS LIVROS

Diretor editorial: **Luis Matos**
Editora-chefe: **Marcia Batista**
Assistentes editoriais: **Aline Graça, Letícia Nakamura e Rodolfo Santana**
Tradução: **Luís Protásio**
Preparação: **Sandra Scapin**
Revisão: **Meire Dias e Juliana Gregolin**
Arte e adaptação de capa: **Francine C. Silva e Valdinei Gomes**

Dados Internacionais de Catalogação na Publicação (CIP)
Angélica Ilacqua CRB-8/7057

W689n

Williams, Whitney Gracia

Eu deveria ter confiado em você / Whitney Gracia Williams; tradução de Luís Protásio. – São Paulo: Universo dos Livros, 2015.

288 p. (Reasonable Doubt, v. 3)

ISBN: 978-85-7930-895-6
Título original: *Reasonable Doubt 3*

1. Literatura norte-americana 2. Ficção 3. Literatura erótica I. Título II. Protásio, Luís

15-0922 CDD 813.6

Universo dos Livros Editora Ltda.
Rua do Bosque, 1589 – Bloco 2 – Conj. 603/606
CEP 01136-001 – Barra Funda – São Paulo/SP
Telefone/Fax: (11) 3392-3336
www.universodoslivros.com.br
e-mail: editor@universodoslivros.com.br
Siga-nos no Twitter: @univdoslivros

Prólogo

Andrew

Alguns meses atrás...

Estava tudo lá, preto no branco, de forma nua e crua.

Embora os fatos fossem distorcidos e o *The New York Times* tivesse mais uma vez deixado de postar minha foto, o dano à minha empresa, a Henderson & Hart, estava feito, e eu sabia exatamente o que aconteceria a seguir. Já tinha visto isso acontecer muitas vezes nessa cidade.

Primeiro, os principais clientes, aqueles que juraram fidelidade, me ligariam para dizer que "de repente" encontraram um nova representação. Em seguida, os funcionários apresentariam cartas de demissão, cientes de que ter uma empresa manchada no currículo lhes prejudicaria a carreira. Em seguida, os investidores ligariam, fingindo simpatia, enquanto me denunciavam publicamente na mídia e retiravam de pronto todo o financiamento. E, por último, de forma ainda mais infeliz, era provável que eu me tornasse outro advogado influente que arruinara a carreira antes sequer de ela deslanchar.

– Por quanto tempo mais você acha que conseguirá manter a perseguição à Emma? – O investigador particular que contratei parou ao meu lado.

– Ela é minha filha, caramba. Não a estou perseguindo.

– Cento e cinquenta e três metros. – Ele acendeu um cigarro. – Essa é a distância que você não deve ultrapassar.

– Eles estão cuidando direito dela durante a semana?

Ele suspirou e me entregou uma pilha de fotos.

– Pré-escola particular, aulas de sapateado e finais de semana no parque. Como você claramente pode ver, ela está bem.

– Ela ainda chora à noite?

– Às vezes.

– E ainda implora para me ver? Ela...

Parei de falar quando os olhos azuis de Emma encontraram os meus. Aos gritos, ela pulou do balanço em que estava e correu em minha direção.

– Papaiiii! Papaiii! – ela gritou, mas, antes que se aproximasse mais, foi pega. Levaram-na para longe e a colocaram dentro de um carro, aos prantos.

Porra...

Sentei-me imediatamente na cama, ao perceber que não estava no Central Park de Nova York, mas em Durham, na Carolina do Norte, e que aquele era apenas mais um pesadelo.

Olhei para o relógio na parede e vi que já passava de uma da madrugada. O calendário pendurado logo acima só confirmou que eu vivia ali há muito tempo.

Toda a pesquisa que eu fizera há seis anos, pesando os prós e os contras, verificando os registros de todas as principais empresas e vasculhando a aparência das mulheres no Date-Match agora parecia inválida: o apartamento que comprei não era exatamente como no anúncio, havia apenas uma empresa digna de meu tempo e a quantidade de mulheres dignas de uma trepada foi diminuindo a cada dia.

Algumas horas antes eu tinha ido a um encontro com uma mulher que afirmara ser professora de jardim de infância, gostar de vermelho e de livros de história. Na realidade, ela tinha o dobro da minha idade, era daltônica e só queria "lembrar da sensação de foder um bom pau".

Frustrado, saí da cama e caminhei pelo corredor, arrumando as molduras do "E" e do "H" penduradas na parede, esforçando-me para não olhar muito para elas.

Eu precisaria de mais do que as doses habituais para passar esta noite e estava ficando extremamente irritado com o fato de não foder ninguém há muito tempo. Servi duas doses de uísque e virei-as garganta abaixo. Antes que pudesse preparar outra dose, meu telefone vibrou. E-mail novo.

Alyssa.

Assunto: Qualidade da performance

Caro Thoreau,

Tenho certeza de que agora você está no meio de uma foda com outra conquista, a quem está prestes a dizer sua infame frase "um jantar, uma noite e nada mais", mas eu estava pensando em algumas coisas e tinha de lhe enviar um e-mail...

Se você gosta tanto de sexo quanto afirma, porque insiste em apenas uma noite? Por que não ter um relacionamento estritamente de amizade colorida? Assim, você não teria tantos períodos de seca... (Quero dizer, esse é o 30° dia da *Operação Ainda Sem Boceta*, correto?)

Na verdade, estou começando a me perguntar se a razão para você insistir em uma única noite é saber que sua performance não será boa o suficiente para justificar outra...

Ter um pau abaixo da média não é o fim do mundo.

Alyssa

Balancei minha cabeça e digitei uma resposta.

Assunto: Re: Qualidade da performance

Cara Alyssa,

Infelizmente, não estou no meio de uma foda com outra conquista, mas sim digitando uma resposta para seu e-mail ridículo.

Este é, de fato, o 30° dia do que você, apropriadamente, chama de *Operação ainda sem boceta*, mas já que transamos por telefone e a fiz gozar, isso não pode ser considerado um completo fracasso...

Eu, de fato, aprecio o sexo, meu pau tem um apetite insaciável, mas eu já lhe disse inúmeras vezes que não embarco em relacionamentos. Nunca. Me recuso a sequer reconhecer seu último parágrafo, já que nunca recebi uma única reclamação sobre a minha "performance" e meu pau está bem longe de ser abaixo da média.

Você está completamente certa em sua declaração final: ter um pau abaixo da média realmente não é o fim do mundo.

Ter uma boceta não fodida, sim.

Thoreau

Naquele momento, meu telefone tocou.

– É sério isso? – Alyssa perguntou quando eu atendi. – Sua mensagem realmente está dizendo o que acho que está?

– Você, de repente, desaprendeu a ler?

– Você é ridículo! – ela riu. – O que aconteceu com o encontro desta noite?

– Ela era mais uma mentirosa do caralho...

– Ahhh. Coitado do Thoreau. Eu realmente esperava que o trigésimo dia seria *o dia*.

Revirei os olhos e preparei outro drink.

– Acompanhar minha vida sexual é seu novo hobby?

– Claro que não. – A risada alta dela atravessou a ligação e pude ouvir o som de papéis sendo folheados ao fundo. – Eu queria saber de onde você é...

– O que quer dizer com "de onde eu sou?"

– Exatamente o que perguntei – ela retrucou. – Não pode ser do sul. Não há nenhum resquício de sotaque sulista em sua voz.

Hesitei.

– Sou de Nova York.

– Nova York? – o tom dela se elevou. – E por que alguém sairia de lá para vir para Durham?

– Isso é pessoal.

– Não consigo imaginar querer deixar Nova York. Parece tão perfeita e tem algo em todas aquelas luzes e...

Desliguei-me da conversa e virei mais uma dose. O entusiasmo dela com aquele lugar desolado precisava ter fim. E rápido.

– Os escritórios de advocacia de Nova York não são bem mais atraentes do que os daqui? – ela continuava tagarelando. – Tipo, um dos meus favoritos...

– Qual é o nome do balé para o qual você fará um teste este ano? – cortei-a.

– O Lago dos Cisnes. – Ela sempre deixava o assunto de lado se eu dissesse algo sobre balé. – Por quê?

– Só estou perguntando. Quando é o teste?

– Daqui a alguns meses. Estou fazendo tudo ao meu alcance para contrabalançar minhas aulas... – ela limpou a garganta. – Quer dizer, estou mesmo tentando equilibrar meus casos com o tempo para os ensaios.

– Por que você simplesmente não pergunta ao seu chefe se pode trabalhar nos finais de semana em troca de alguns dias livres durante a semana?

– Tenho certeza de que não funcionaria.

– É claro que funcionaria – eu afirmei. – Há um advogado na minha firma que trabalha aos sábados e tem as quartas livres para se dedicar à música. Se a empresa na qual você trabalha valer alguma coisa, os responsáveis serão flexíveis com você.

– Sim, hum, acho que vou verificar isso...

Silêncio.

– Em qual empresa você trabalha? – perguntei.

– Não posso responder.

– E um dos nomes dos sócios?

– Também não posso dizer.

– Mas pode me dizer quão profundo quer que eu enterre meu pau em você hoje à noite?

Ela inspirou por um momento, em um som sexy que me deixava cada vez mais louco.

– Quanto tempo mais acha que vou aguentar falar com você apenas por telefone, Alyssa?

– O tempo que eu quiser – a voz dela soava mais confiante agora.

– Acha mesmo que vou conseguir conversar com você pelo próximo mês sem foder sua boceta? Sem vê-la pessoalmente?

– Acho que você vai falar comigo por vários meses sem me foder. Na verdade, acho que falará comigo por anos sem me foder porque sou sua amiga, e amigos...

– Se eu não foder você dentro de um mês ou dois, não seremos mais amigos.

– Quer apostar?

– Não será preciso.

Desliguei e peguei meu laptop, pronto para dar outra chance ao site de encontros. No segundo em que cliquei no perfil da mulher mais bonita que tinha na página, a notificação de um e-mail de Alyssa apareceu em minha tela.

Assunto: Confie em mim

Você e eu ainda seremos amigos por muitos meses e você ficará completamente à vontade em não ver meu rosto.

Aguarde e verá.

Alyssa

Assunto: Re: Confie em mim

Você e eu vamos trepar daqui alguns meses e a única razão para eu ficar à vontade em não ver seu rosto será porque você vai estar montando meu pau quando eu colocar a sua bunda sobre a mesa.

Aguarde e verá.

Thoreau

Testemunho (s. m.):

Declarações prestadas sob juramento por uma testemunha em resposta a perguntas colocadas por advogados em um julgamento ou depoimento.

Andrew

– Senhorita Everhart, sua vez de interrogar o senhor Hamilton – informou o senhor Greenwood, do outro lado da sala de audiências.

Era o último dia do mês, o que significava que estávamos finalmente começando a usar os milhões de dólares gastos na sala de audiências do último andar da GB&H. Não havia necessidade de manter aquela sala, mas como a empresa tinha mais dinheiro do que destinos para ele, o espaço era utilizado pelos estagiários para o ensaio de casos. O "julgamento" do dia era sobre algum idiota que havia fraudado os funcionários da própria empresa, deixando-os sem seguro-desemprego e sem plano de saúde. Infelizmente, eu estava fazendo o papel do acusado.

Ao se levantar da mesa da defesa, Aubrey pegou suas anotações e tomou a palavra. Não nos falávamos desde que a expulsara do meu apartamento há duas semanas. Pelo que eu podia ver, entretanto, ela parecia serena.

Ela vinha sorrindo muito ultimamente, sendo extremamente agradável e, cada vez que entregava meu café, fazia isso com um sorriso acompanhado de um "realmente espero que aproveite seu café, *senhor Hamilton*".

Desde então, passei a tomar café na rua...

– Senhor Hamilton – ela chamou, alisando o justo vestido azul. – É verdade que o senhor já traiu sua esposa?

– *Nunca* traí ninguém.

– Atenha-se ao personagem, Andrew – sussurrou o senhor Bach, que representava o juiz.

Revirei os olhos.

– Sim. Houve um tempo em que traí minha mulher.

– Por quê?

– Objeção! – gritou um dos estagiários. – Meritíssimo, é mesmo necessário fornecer detalhes sobre a vida amorosa do meu cliente? Esse julgamento é sobre seu envolvimento em uma conspiração.

– Se eu puder, Meritíssimo – Aubrey se expressou antes que o "juiz" pudesse dizer qualquer coisa. – Creio que a avaliação de como o senhor Hamilton se comportou em assuntos passados seja uma boa avaliação de seu caráter. Se estivéssemos processando um cliente que abandonou a empresa por incompetência, não seria insensato questionar suas relações pessoais anteriores, especialmente se o cliente for uma pessoa importante.

– Indeferido.

Aubrey sorriu e olhou para as anotações.

– Tem problemas com compromissos, senhor Hamilton?

– Como posso ter um problema com algo em que não acredito?

– Então o senhor não acredita que relacionamentos de uma única noite podem ser mantidos pelo resto da vida?

– Excelência... – o estagiário contestou, levantando-se.

– Não há necessidade – inferi, levantando minha mão e estreitando os olhos na direção de Aubrey. – Vou aceitar a linha inadequada de questionamento da senhorita Everhart... Acredito em viver minha vida de qualquer maldita forma que eu queira e lidar com as mulheres sempre que eu quiser lidar com elas. Não sei como a pessoa com quem durmo pode ter alguma relação com um caso de conspiração mas, uma vez que estamos discutindo sobre minha vida sexual, a senhorita deve saber que estou feliz e satisfeito. Tenho um encontro hoje à noite, na verdade. Gostaria que, amanhã, eu relatasse os detalhes para a senhorita e para o júri?

Os estagiários que compunham o júri riram e o sorriso de Aubrey desapareceu. Mesmo quando ela o forçou novamente, pude notar uma pitada de dor em seus olhos.

– Então... – ela respirou fundo. – Em relação ao caso...

– Fico feliz que a senhorita esteja finalmente falando sobre o tema.

Os jurados riram de novo.

– O senhor acredita em moral, senhor Hamilton? – ela perguntou.

– Sim.

– Acha que tem alguma?

– Acho que todo mundo tem alguma, até certo ponto.

– Permissão para me aproximar da testemunha? – Ela olhou para o senhor Bach, que assentiu.

– Senhor Hamilton, pode ler a parte destacada deste documento, por favor? – Diante de mim, ela colocou uma folha de papel com uma pequena nota escrita à mão no topo da página:

Te odeio, seu babaca. Gostaria de nunca ter conhecido você.

– Sim – respondi, alcançando uma caneta no bolso. – Aqui diz que minha empresa não tinha conhecimento das mudanças na política de seguros da época.

Enquanto ela entregava uma cópia do documento para o júri, escrevi uma resposta à nota que ela me mostrara:

Sinto muito que você se arrependa de ter me conhecido, já que eu não me arrependo. A única coisa de que me arrependo é de ter fodido você mais de uma vez.

Aubrey solicitou que eu lesse outra seção para o tribunal e, em seguida, pegou o papel. Ela virou-se para mim logo após ler minhas palavras.

Tentei desviar o olhar e me concentrar em outra coisa, mas não conseguia desviar a atenção da imagem dela. Seus cabelos não estavam presos com o coque habitual; caíam pelos ombros em longos cachos que paravam bem acima dos seios. E o vestido em seu corpo, uma peça altamente inapropriada que abraçava as coxas, um pouco justo demais, levantava-se mais alguns centímetros cada vez que ela dava um passo.

– Tenho mais três perguntas para o senhor Hamilton, Meritíssimo – disse ela.

– Não há limites, senhorita Everhart – ele sorriu.

– Certo... – Ela deu um passo adiante e fixou seu olhar no meu. – O senhor e sua empresa levaram seus funcionários a acreditar que se preocupavam com eles, que tinham os melhores interesses em mente e que lhes comunicariam oficialmente a respeito das mudanças reais que seriam postas em prática antes da falência. Tais promessas não estão explícitas no folheto de sua empresa?

– Estão.

– Então, o senhor acredita que merece ser multado ou punido por dar falsa esperança aos seus funcionários? Por arrastá-los para uma situação que o senhor sabia que não duraria?

– Acho que fiz o que era melhor para minha empresa – respondi, ignorando o ritmo acelerado do coração em meu peito. – E, no futuro, conforme esses funcionários seguirem em frente, como devem, talvez percebam que minha empresa não era mesmo a melhor opção para eles.

– O senhor não acha que lhes deve um simples pedido de desculpas? Não acha que lhes deve ao menos isso?

– Pedir desculpas implica em assumir que fiz algo errado. – Cerrei os dentes. – Só porque não concordam com o que fiz, não significa que eu não estivesse certo.

– O senhor acredita em benefício da dúvida,[1] senhor Hamilton?

– A senhorita afirmou que lhe restavam apenas três perguntas. A matemática básica mudou recentemente?

– O senhor acredita em benefício da dúvida, senhor Hamilton? – Seu rosto ficou vermelho. – Sim ou não?

– Sim. – Cerrei a mandíbula. – Sim, acredito que é um requisito comum para todos os advogados deste país.

– Sendo assim, dado o caso que estamos discutindo... Acha que alguém como o senhor, que tratava seus funcionários de forma tão terrível, poderia mudar no futuro, agora que está ciente do quanto prejudicou a vida alheia?

1 "Benefício da dúvida", ou "reasonable doubt" em inglês, é o nome da trilogia à qual pertence este volume. (N.E.)

– O benefício da dúvida não diz respeito a sentimentos, senhorita Everhart. Sugiro que a senhorita consulte o primeiro dicionário jurídico que encontrar, porque tenho certeza de que já tivemos essa discussão antes...

– Não me lembro disso, senhor Hamilton, mas...

– Em suas próprias, embora corretas, malfadadas palavras, a senhorita não me disse uma vez, em sua primeira entrevista aqui na GB&H, que certas mentiras devem ser contadas e certas verdades devem ser guardadas? E que a determinação final vem daquele que sabe discernir qual é qual? – Medi-a de cima a baixo. – Não é exatamente esta a sua definição para benefício da dúvida?

Ela me encarou por um longo tempo, com aquela mesma expressão de dor que demonstrou quando a expulsei do meu apartamento.

– Sem mais perguntas, Meritíssimo – resmungou.

O senhor Greenwood aplaudiu, do fundo da sala. O senhor Bach e os outros estagiários seguiram o exemplo.

– Muito bom trabalho, senhorita Everhart! – gritou o senhor Bach. – Essa foi uma linha muito direta e, ainda assim, bastante convincente de questionamento.

– Obrigada. – Ela evitou olhar para mim.

– A senhorita é oficialmente a primeira estagiária a deixar nosso Andrew todo irritado. – Ele sorriu, parecendo impressionado. – Precisamos, definitivamente, mantê-la por perto. Caramba, podemos até chamá-la de vez em quando,

quando precisarmos ser lembrados de que ele é capaz de mostrar alguma emoção.

Mais risos.

– Ótimo trabalho hoje, pessoal! – Ele se recostou na cadeira de juiz. – Vamos analisar as apresentações no final dessa semana e enviar por e-mail a pontuação na próxima quinta-feira. – Bateu o martelo. – Sessão suspensa.

Os estagiários saíram da sala e Aubrey olhou por cima do ombro uma última vez, lançando-me um olhar irritadiço.

Lancei um olhar em resposta, grato por ter um encontro naquela noite, no qual poderia transar e tirar meus pensamentos dela e de suas perguntas estúpidas.

Nunca chega sete horas...

Esperei alguns minutos antes de me dirigir para o elevador. Tentei lembrar os demais compromissos que teria no resto do dia. Eu tinha duas consultas com pequenos empresários naquela tarde e precisava correr até o Starbucks antes que Aubrey me trouxesse mais uma xícara de café.

Abri a porta da minha sala e acendi as luzes, preparando-me para ligar para Jessica. Mas Ava estava ali, em pé, na frente da estante.

– Hoje o abrigo não abre? – perguntei.

– Vim aqui para finalmente entregar o que pediu.

– É um pouco cedo para pular de uma ponte.

– Estou falando sério.

– Eu também. – Passei por ela e enviei uma mensagem de texto de meu telefone. – Se pular antes do meio-dia, a equipe de reportagem não será capaz de exibir sua história no horário nobre.

Ava se deteve diante de minha mesa e, sobre ela, colocou uma pasta de documentos.

– Não vou mais arrastar seu nome para os tribunais, não vou mais apresentar suspensões ou mandados e não vou mais fazer quaisquer alegações falsas sobre seu caráter... Cansei de mentir.

– Tenho certeza disso. – Tomei os papéis em minhas mãos. – Em outras palavras, há um novo cara que você está ansiosa para foder. Ele conhece seu verdadeiro eu?

– Sério? Você está conseguindo seu precioso divórcio. Por que se importa?

– Não me importo. – Coloquei os óculos de leitura e olhei os documentos. – Nenhum pedido de pensão alimentícia, nenhuma reclamação de abuso ou pedido de propriedade? Está faltando alguma página?

– Estou dizendo: cansei de mentir.

Não acreditei nela nem por um segundo, mas peguei meu telefone e liguei para o cartório, dizendo que era uma emergência.

– Sabe... – Ava encostou-se em minha mesa. – Lembro-me do bolo que você comprou para o nosso aniversário de casamento. Era branco e azul-claro, e tinha as letras NYC nele, pequenas. Tinha camadas de recheio também. Uma para cada ano em que estávamos juntos. Você se lembra disso?

– Eu me lembro de você fodendo meu melhor amigo.

– Não podemos ter um momento agradável antes de terminar as coisas de uma vez por todas?

– Você e eu terminamos muito tempo atrás, Ava – tentei manter minha voz calma, monótona. – Quando algo está acabado, as palavras finais, boas ou ruins, não fazem muita diferença, porra.

Ela suspirou e percebi quão terrível estava sua aparência. Os olhos vermelhos, os cabelos cheios de *frizz* e amarrados em um rabo de cavalo frouxo, e mesmo que o vestido azul que estivesse usando se encaixasse perfeitamente em seu corpo, ela não tinha sequer se preocupado em passá-lo.

– Do que se trata essa chamada de emergência, senhor Hamilton? – A tabeliã entrou na sala, sorrindo. – O senhor deseja que compremos outra cafeteira de mil dólares? – Ela parou de falar quando viu Ava.

– Senhorita Kannan, essa é Ava Sanchez, minha futura ex-esposa. Preciso que a senhorita testemunhe a assinatura dos papéis do divórcio e faça três cópias, separando uma para arquivo.

Ela assentiu com a cabeça e puxou um carimbo do bolso.

– Você notou que desisti voluntariamente de nosso apartamento em West End? – perguntou Ava.

– O apartamento que eu comprei? – Assinei meu nome. – Quanta generosidade.

– Construímos várias lembranças naquela casa.

– Assinar papéis não requer conversa – eu disse.

Ela puxou a caneta de mim e colocou sua assinatura acima da minha, levando um tempo extra para adicionar um redemoinho duplo na última letra.

– Já volto com suas cópias. – A senhorita Kannan evitou olhar para qualquer um de nós enquanto se arrastava para fora da sala.

– Então é isso, acho – comentou Ava. – Estou oficialmente fora da sua vida.

– Não. – Balancei a cabeça. – Infelizmente, você ainda está na minha frente.

– Você morreria se me desejasse o melhor? Ou pelo menos boa sorte?

– Vendo que você vai voltar para a prisão, acho que isso seria apropriado – retruquei, dando de ombros. – Boa sorte. As autoridades estão lá fora à sua espera; então, tome todo o tempo que precisar. Há até uma máquina automática de lanches no fim do corredor, se quiser saborear a liberdade pela última vez... No entanto, já que vai ficar presa com outras mulheres, tenho certeza de que lamber uma boceta depois que as luzes se apagarem terá um gosto tão bom quanto.

– Você me entregou? – O rosto dela ficou pálido quando ergui o telefone, mostrando-lhe o texto que enviei no segundo em que a vi em meu escritório. – Como pôde fazer isso comigo?

– Como eu poderia não fazer isso?

– Eu realmente o machuquei tanto assim, Liam? Eu...

– Nunca mais me chame por esse nome, porra.

– Eu o machuquei tanto assim? – ela repetiu, sacudindo a cabeça.

Não respondi.

– Isso é... é por causa da Emma, não é? – ela sibilou. – É por isso? Você ainda me culpa por aquela merda?

– Dê o fora daqui. *Agora.*

– Já se passaram seis anos, Liam. Seis malditos anos. Você precisa esquecer isso. – Ela abriu a porta e um sorriso malicioso se espalhou em seu rosto. – Coisas como essa acontecem o tempo todo... Por mais infeliz que tenha sido, ajudou a torná-lo o homem que é você hoje, não é?

Precisei usar todas as minhas forças para permanecer sentado e não atacá-la.

Em ebulição, esperei que ela saísse e fui até a janela para assistir à entrada dela no estacionamento, quando levantou as mãos para o ar e os policiais lhe deram voz de prisão.

Então, exatamente como havia acontecido há seis anos, ela sorriu ao ser algemada e jogada na parte de trás do carro.

A viatura preta se distancionou com lentidão e uma pontada que eu já conhecia doeu em meu peito.

Agarrei minhas chaves, corri para o estacionamento e entrei no carro; meu subconsciente me dizia para ir para casa, meu consciente me impelia a dirigir até a praia mais próxima.

Coloquei o telefone no modo silencioso enquanto dirigia na rodovia. Enquanto os segundos se dissolviam em horas, a cidade desapareceu no retrovisor. Os edifícios pareciam mais e mais distantes e, num dado momento, a única paisagem fora da janela eram árvores e areia.

Quando finalmente cheguei a uma baía isolada, estacionei o carro em frente a uma rocha. Abri o porta-luvas e tirei a pasta vermelha que Aubrey uma vez tentara abrir. Então, saí do veículo e me sentei no banco mais próximo.

Respirando fundo, peguei as fotos e prometi a mim mesmo que esta seria a última vez que olharia para elas: eu e minha filha caminhávamos ao longo da costa da praia de Nova Jersey, ao pôr do sol. Ela sorriu quando peguei uma concha e a segurei contra seu ouvido. Carreguei-a em meus ombros enquanto eu apontava para um céu estrelado.

Mesmo sabendo que fazer isso me causaria calafrios e um inevitável pesadelo mais tarde, continuei revendo as fotos.

Mesmo aquelas em que eu não estava, aquelas de seu olhar triste e solitário no parque, aquelas em que Emma olhava para longe, para algo ou para *alguém* distante, que não estava lá...

Emma...

Meu coração se apertou quando cheguei à última foto do álbum. Na imagem, Emma brincava com seu guarda-chuva e chorava. Ela estava chateada porque a estavam forçando a ir para o coberto, porque não entendiam que, embora gostasse de ficar no parque em plena luz do sol, ela preferia brincar na chuva.

Estresse emocional (s. m.):

Uma reação emocional negativa que pode incluir medo, raiva, angústia ou sofrimento e pela qual é possível receber indenizações.

Aubrey

Eu estava horrível. Completamente horrível.

Hoje foi o primeiro ensaio com o traje completo para *O Lago dos Cisnes* e eu não parecia apta para o papel de forma alguma. Meus olhos estavam muito inchados, eu estava péssima por ter chorado por causa de Andrew, meus lábios estavam secos e rachados e minha pele estava tão pálida que o senhor Petrova passou por mim e perguntou se eu pretendia interpretar um cisne branco ou um fantasma.

Por mais que me forçasse a sorrir, eu chorava toda vez que ficava sozinha, todas as noites, comia uma quantidade exorbitante de sorvete e chocolate e não conseguia dormir de jeito nenhum.

Eu ainda não podia acreditar que Andrew me expulsara de seu apartamento de forma tão cruel. Em um minuto ele estava me segurando contra seu peito e me beijando e, no minuto seguinte, afirmava que já tínhamos trepado o suficiente, que não me queria mais por perto e que ia foder outra pessoa.

O pior foi que, quando retornamos ao trabalho, na segunda-feira seguinte, ele fora duas vezes mais rude comigo. Andrew me transferiu para um caso que levaria meses para ser resolvido, repreendeu-me na frente de todos por estar dez segundos atrasada e, então, teve a audácia de reclamar de meu sorriso quando lhe servi um café.

Pelo menos eu cuspi na xícara...

– Você está chorando agora? – A assistente de maquiagem ergueu meu queixo. – Sabe quanto custa essa máscara?

– Sinto muito. – Congelei os olhos e segurei as lágrimas.

– Não vi os nomes de seus pais na lista de convidados para hoje. Eles virão na segunda apresentação, no sábado?

– Não.

– Suponho que só queiram ver o show completo então, não é? – ela riu. – Meus pais são assim também. Eu contei sobre o número de ensaios que temos e eles disseram que vão assistir quando estiver tudo pronto. Gostam de perfeição.

– Infelizmente, sei bem como é isso...

Ela riu e continuou falando e falando enquanto eu, em silêncio, contava os segundos para ela ficar quieta.

Quando ela terminou, virou-me de frente para o espelho que ficava do outro lado da sala.

– Uau... – sussurrei. – Sério, uau...

Sequer parecia que eu tinha chorado. Apesar de minhas pálpebras estarem cobertas de sombra escura, e de ela ter pincelado uma lágrima falsa sob meu olho direito, eu parecia a mulher mais feliz do mundo.

– Senhorita Everhart? – perguntou o senhor Petrova, atrás de mim. – Posso falar com você por um segundo?

– Sim, senhor. – Segui-o através das portas que levavam dos bastidores para fora até chegarmos a uma área que estava vazia.

– Sente-se aqui, senhorita Everhart. – Ele tirou um cigarro do bolso e o acendeu.

A fumaça se espalhou em espirais entre nós e ele me estudou de cima a baixo. Por alguma estranha razão, o senhor Petrova parecia mais irritado do que o normal, como se estivesse prestes a gritar comigo.

– Senhor Petrova... – eu disse com suavidade. – Fiz alguma coisa errada?

– Não – ele balançou a cabeça. – Eu a trouxe aqui sozinha porque quero que a senhorita saiba que estava gorda durante o ensaio de ontem. *Muito gorda.*

– O quê?

– Apesar de ter dançado a parte do cisne negro com perfeição, e de ter capturado o grau adequado entre a raiva e a tristeza, a senhorita *cagou* na parte do cisne branco. – Ele tossiu. – Parecia que sua mente estava em outro lugar. Como se fosse um sacrifício enorme ficar feliz por cinco minutos. E, como se não bastasse, a senhorita engordou.

Revirei os olhos, concentrando-me nos carros zunindo na rua. Eu não me preocupava mais com seus insultos. Me chamar de gorda não era nada se comparado às coisas que me dissera na semana passada.

– Senhorita Everhart? – sua voz me tirou de meus pensamentos.

– Sim?

– Preciso que abra isso mais tarde – disse ele, me dando um tapinha no ombro. – É muito importante.

– Abrir o quê?

– Não está vendo o envelope que acabei de colocar em seu colo? – Ele apagou o cigarro. – Preciso informar sua substituta que ela precisa se preparar para o espetáculo?

– Não. – Peguei o envelope e corri os dedos ao longo do vinco. – Não precisa fazer isso, senhor.

– Ótimo. – Ele caminhou em direção ao prédio e abriu a porta. – Agora, me faça acreditar que escolhi a garota certa para interpretar meu cisne.

◆◆◆

– Os Walter virão para jantar no próximo domingo, às seis, e precisamos que você apareça – minha mãe me informou ao telefone, naquela noite. – Acho que vão assinar um bom cheque para a campanha.

– Que emocionante.

– É emocionante, não é? – ela praticamente berrou. – Tudo está acontecendo tão depressa e se encaixando perfeitamente... Estamos reunindo o financiamento, o planejamento da publicidade, e...

Coloquei o telefone em cima da mesa e me preparei um balde de água gelada, estremecendo a cada passo dado. Eu tinha certeza de que teria um novo conjunto de bolhas no pé no final desta semana mas, depois do jeito que dancei no ensaio de hoje, elas valeriam a pena.

Completei todos os saltos com facilidade, combinei minhas elevações passo a passo e, no final, quando o último número pedia por dez piruetas, fiz quinze. Todos na plateia me aclamaram de pé, mas o senhor Petrova permaneceu em silêncio, coçando o queixo.

Ele virou-se para mim, inclinou a cabeça para o lado, e simplesmente disse: "O ensaio de hoje acabou". Esse foi o maior elogio que já tinha recebido dele.

Sorrindo com aquela lembrança, levei o balde de gelo para o sofá e coloquei-o no chão. Deslizei meus pés dentro dele e aproximei o telefone de minha orelha novamente.

– Ah, e os Yarborough... – Minha mãe ainda estava falando. – Eles estão cogitando organizar um pequeno evento em honra ao seu pai no próximo mês, no clube. Você precisa estar presente e não será uma ocasião casual, então, realmente preferia que usasse os cabelos cacheados, por favor. Haverá um fotógrafo do jornal local lá.

– Vai perguntar como foi meu dia?

– Em um minuto. Você recebeu o vestido que mandei ontem?

Olhei para o saco de plástico pendurado sobre minha porta.

– Tive um ensaio pesado para *O Lago dos Cisnes* hoje. Serviu para que os figurinistas verificassem se tudo parecia certo sob a nova iluminação. Foi o melhor ensaio que tivemos até agora.

– Você já experimentou o vestido? Acha que vai poder experimentá-lo hoje à noite novamente?

– Mamãe...

– Preciso arrumá-lo para o jantar de domingo, o mais rápido possível, caso ele não fique bom.

– Você poderia apenas dizer algo do tipo "eu sinceramente não dou a mínima para a sua vida, Aubrey"? – Gemi quando meus dedos finalmente sentiram o efeito do gelo. – Isso me faria sentir dez vezes melhor agora.

– *Aubrey Nicole Everhart...* – ela pronunciou cada sílaba do meu nome. – Você ficou completamente louca?

– Não, mas estou começando a perder a paciência quando falo com você pelo telefone. Por que se preocupa em ligar se só quer ouvir a si mesma?

Ela não teve a chance de responder.

O aparelho acusou uma chamada na outra linha e cliquei "aceitar" sem avisá-la.

– Olá? – respondi.

– Por favor, Aubrey Everhart? – era uma voz masculina.

– Sim. É ela.

– Ótimo! Quem fala aqui é Greg Houston. Sou presidente do comitê de alunos matriculados e estou ligando apenas para que saiba que seu afastamento da universidade foi aprovado! Será oficial quando vier pessoalmente assinar os formulários. Eu, pessoalmente, considero ótimo que você dê um tempo nos estudos para auxiliar na campanha de seu pai.

– O QUÊ?!

– É uma escolha muito altruísta, senhorita Everhart – continuou. – Tenho certeza de que, quando decidir voltar, o comitê acadêmico lhe oferecerá crédito por sua experiência no mundo real. De qualquer forma, notei que você preencheu os formulários eletrônicos, mas como mora dentro de um raio de oitenta quilômetros da faculdade, a política é que você precisa assiná-los pessoalmente também. Além disso, em relação aos créditos que obteve na universidade, até agora...

Tudo ao meu redor, de repente, ficou escuro.

Não pude acreditar naquela merda.

Eu queria retornar para a ligação com minha mãe e gritar. Perguntar como ela e meu pai tiveram a ousadia de trancar a faculdade por mim sem sequer me consultar. Mas eu não podia. Simplesmente desliguei e permaneci no sofá, paralisada, em choque e perdida.

Havia lágrimas escorrendo em meu rosto, mas eu não conseguia senti-las. Eu não conseguia sentir nada.

Pressionei o botão de desligar em meu telefone para impedir que alguém me telefonasse e peguei o envelope que o senhor Petrova havia me dado mais cedo. Eu achava que era uma longa lista de insultos, ou uma nova dieta, mas era uma carta:

Senhorita Everhart,

Acabei de receber a notificação de que a senhorita trancará a faculdade no final deste período. De minha parte, estou decepcionado com sua falha em não me alertar sobre esta notícia com antecedência, mas também impressionado com o crescimento que tem mostrado ao fazer parte de meu programa.

A senhorita ainda é uma dançarina mediana, mas considerando o fato de que seus colegas são todos <u>bailarinos terríveis</u>, acho que pode ficar um pouco orgulhosa desse status.

No verso desta carta há uma recomendação para a Companhia de Balé da Cidade de Nova

York. Em razão de algumas circunstâncias infelizes, várias vagas foram abertas para a classe atual. Isso não acontece muitas vezes e você seria muito estúpida se perdesse a chance de participar da seleção.

No entanto, se fizer o teste e não for aceita, só vai significar que você não dançou o seu melhor. (Ou que ganhou mais um infeliz quilo.)

Petrova

Virei a página e notei que o prazo final para a conclusão do processo seletivo era dali a três semanas, o que significava que, se eu participasse e fosse aceita, deixaria meu papel principal atual para trás e teria de começar tudo de novo.

Dançar para a Companhia de Balé da Cidade de Nova York era meu sonho de infância, mas depois que quebrei o pé, aos dezesseis anos, readaptei minha definição de sonho de carreira; a competição em tal lugar seria muito feroz para alguém que ficou de fora um ano completo, com recuperação total ou não.

No entanto, não poderia me imaginar indo para a cidade de Nova York, ao menos não sozinha. E não achava que poderia deixar Andrew, sem conseguir, pelo menos, um merecidíssimo pedido de desculpa.

Com um suspiro, liguei meu laptop e acessei minha conta de e-mail. Fiquei chocada ao ver seu nome no topo da caixa de entrada.

Assunto: Julgamentos simulados

Senhorita Everhart,

Pela terceira vez nesta semana, você fez alusão ao nosso antigo caso na sala do tribunal. Embora eu não esteja surpreso com isso, estou bastante decepcionado. Você pode se arrepender das consequências de ter trepado comigo, mas sei muito bem que amou cada segundo em que meu pau esteve enterrado na sua boceta. (E antes que minta, dizendo que não gostou, pense nas inúmeras vezes que você gritou meu nome enquanto minha boca devorava sua boceta.)

Talvez, se pensasse nessas coisas em vez de perder tempo com seus incontroláveis e irregulares "sentimentos", suas defesas não fossem tão cômicas.

Andrew

Apaguei o e-mail e reli a carta de Petrova.

Eu precisava pesquisar sobre o processo seletivo para a Companhia de Balé da Cidade de Nova York esta noite.

Prevaricação (s. f.):

Praticar intencionalmente um ato moral ou legalmente errado sem ter o direito de fazê-lo.

Andrew

Abri a gaveta esquerda em busca de um frasco de comprimidos. Eu não dormia bem há mais de uma semana e estava certo de que minha insônia estava, em grande parte, relacionada com os relatórios meia-boca que os estagiários andavam me entregando. Ou isso, ou Aubrey estava envenenando meu almoço.

Folheei seu relatório mais recente, resmungando enquanto lia seus comentários escritos à mão:

Acho muito irônico que você possa nos dar um trabalho sobre a importância da confiança e do relacionamento quando não faz ideia do que essas palavras significam.

P.S.: Você não "devorou" minha boceta.

Rasguei o bilhete e atirei-o na lata de lixo. Logo encontrei mais um:

Um caso que lida com um chefe comendo uma funcionária? Pelo menos este chefe teve a coragem de jogar limpo e admitir que realmente gostava dela, em vez de descartá-la como lixo.
P.S.: O ingrediente extra de seu café de ontem foi supercola em flocos derretidos. Espero que tenha gostado.

– Senhor Hamilton? – Jessica entrou em minha sala.

– Sim?

– Gostaria que eu enviasse seu terno Armani para outra empresa de lavagem a seco? – ela indagou. – Esta é a terceira vez que o senhor mandou aquelas calças. Não parece que essa mancha marrom vai sair.

– Não, obrigado – suspirei. – Só me encomende alguns novos, por favor.

– Certo – Ela piscou o olho para mim quando saiu e eu, de imediato, enviei um e-mail para Aubrey.

```
Assunto: Supercola

Não bebo mais a porra do seu café, mas
já que você mais uma vez provou como é
```

infantil quando se trata de leis, vou guardar seu recado para que meus amigos saibam a quem culpar pelo meu assassinato.

Cresça.

Andrew

Assunto: Re: Supercola

Você não tem nenhum amigo. Eu era a única. E eu não me importo se guardar meu recado, porque tenho guardado todos os seus e-mails, especialmente os que dizem: "Venha ao meu escritório para que eu possa comer sua boceta na hora do almoço" ou "Adoro ver sua boca envolvendo o meu pau".

Antes, cresça você.

Aubrey

Comecei a elaborar uma resposta, não estava disposto a permitir que ela ficasse com a palavra final, mas ouvi Jessica limpando a garganta.

– Posso ajudá-la em algo? – Olhei para cima. – Eu podia jurar que você tinha acabado de sair daqui.

– Estão dizendo pelos corredores que hoje é o seu aniversário.

– Hoje não é meu aniversário.

– Não é isso que o departamento pessoal disse.

– O departamento pessoal não sabe de nada. – Fitei a caneca de café que estava sobre a minha mesa. Não pude deixar de perceber que o café nem mesmo era marrom. Era laranja. – Mas, falando em RH, há algum jeito de impedi-los que a senhorita Everhart possa tocar nas máquinas de café?

– Duvido. – Ela se aproximou. – Cá entre nós, estamos preparando uma festa surpresa na sala de descanso. Tipo, nesse exato momento. Estávamos esperando que fizesse uma pausa, mas como não fez... pode passar lá um segundo?

– Você acabou de negar meu pedido sobre as máquinas de café?

– Vou cuidar disso depois que você comparecer em sua festa. – Jessica sorriu e segurou minha mão, mas me levantei por conta própria.

– Eu comentei com seu avô, em várias ocasiões, que não curto as festas de aniversário dos funcionários.

Ela deu de ombros e me guiou rumo ao corredor.

– Certifique-se de parecer surpreso. Eu me esforcei bastante para isso... Sempre coloco um esforço extra quando se trata de coisas para você.

Ignorei o jeito com o qual ela lambia os lábios.

Jessica abriu a porta e todos da equipe jogaram confetes para cima e berraram: "Feliz Aniversário, senhor Hamilton!". Logo em seguida, começaram a cantar "Parabéns para você", todos fora de ritmo, e terrivelmente fora do tom.

Aproximei-me das janelas, onde haviam colocado um pequeno bolo branco com velas azuis e soprei-as antes que a música terminasse.

– Feliz Aniversário, Andrew! – O senhor Greenwood me entregou um envelope azul. – Quantos anos faz hoje?

– Considerando que hoje não é meu aniversário, estou com a mesma idade que eu tinha ontem.

Ele riu, incapaz de perceber como eu acabara de ser extremamente grosso com ele. Com a mão na barriga, rindo muito, ele fez sinal para um dos estagiários tirar nossa foto.

Quando disparou a foto, avistei Aubrey de pé, no canto, com os braços cruzados. Ela estava balançando a cabeça para todo mundo e quando seus olhos finalmente encontraram os meus, armou uma carranca.

– Tenho uma coisa para você... – Jessica colocou uma pequena caixa preta na minha mão. – Mas acho melhor abrir isso quando estiver sozinho. E pensar em mim. – Ela corou e se afastou.

Fiz uma nota mental para jogar o que quer que fosse aquilo no lixo. E, em vez de imediatamente deixar a festa, andei pela sala e agradeci a todos, lembrando a cada estagiário que, com festa ou não, tudo o que tinha de ser entregue no final do dia continuava com o mesmo prazo.

Aproximei-me de Aubrey e estendi a mão, mas ela recuou e entrou na antessala adjacente.

– Você é mesmo tão imatura assim, senhorita Everhart? – Eu a segui, fazendo-a se virar para me encarar enquanto a porta se fechava.

– Você é mesmo tão cruel assim? – Ela olhou para mim. – Esta manhã, você me deu mais trabalho do que para qualquer outro estagiário, apenas para, mais tarde, poder me repreender na frente de todos. E tudo só porque acha que eu o envergonhei no julgamento.

– Você realmente tinha de saber que merda estava fazendo se queria me constranger no tribunal. – Não intencionalmente, agarrei suas mãos, esfregando os dedos contra sua pele. – E lhe dei mais trabalho para que não tivesse tempo de preparar meu café, que, até esta manhã, eu presumia estar sendo envenenando por você.

– Desde quando cuspe é veneno?

– Você me deve outra merda de terno... – Baixei minha voz. – Tem alguma ideia de quanto...

– Não – ela me interrompeu. – Você tem alguma ideia de quanto você mudou? Eu realmente sinto falta quando eu era Alyssa e você era Thoreau.

– Quando você era uma maldita mentirosa?

– Na época em que você me tratava melhor...

Ela olhou nos meus olhos, uma forte expressão de saudade, e minhas mãos foram para sua cintura, puxando-a contra mim.

Minha boca estava sobre a dela e, em segundos, estávamos nos beijando como se não nos víssemos há anos.

Lutávamos por controle. Trilhei meus dedos contra o zíper na parte de trás de seu vestido, sentindo meu pau imediatamente endurecer feito uma rocha contra sua coxa.

Ela se apertou contra meu peito e me deixou escorregar a língua mais fundo em sua boca. Por fim, ela me empurrou, parecendo absolutamente enojada, virou-se e saiu da sala.

Arrumei minha gravata antes de segui-la para a sala onde acontecia a festa, mas ela não estava mais lá.

– Vai cortar o bolo, Andrew? – o senhor Bach perguntou. – Ou quer que Jessica o faça esse ano também?

Jessica levantou a faca e piscou para mim.

– Jessica pode cortá-lo – respondi. – Já volto. – Saí e fui para os escritórios dos estagiários, diretamente em direção à mesa de Aubrey.

Seu rosto estava vermelho como uma beterraba e ela estava colocando pastas dentro da bolsa.

– Eu não lhe dei permissão para sair mais cedo. – Entrei na frente dela.

– E eu não lhe dei permissão para me tratar como se fosse lixo, mas você fez a porra deste trabalho muito bem, não é?

– Você acabou de dizer que eu não a tratava como lixo quando pensava que seu nome era Alyssa, quando pensava que você fosse uma porra de uma advogada.

– Isso faz que seu tratamento atual comigo seja aceitável?

– Isso faz que seja justificável.

Silêncio.

– Não posso mais fazer isso, Andrew... – Ela balançou a cabeça.

– Isso significa que você vai parar de agir como uma criança no tribunal? Isso significa...

– Aqui. – Ela me interrompeu e pressionou uma caixa de prata contra meu peito. – Comprei isso para você algumas semanas atrás, quando Jessica estava começando a planejar sua festa de aniversário.

– Cuspiu nisso também?

– Deveria ter cuspido. – Aubrey pegou a bolsa e saiu correndo pela porta de saída.

Uma parte de mim, na verdade, queria ir atrás dela e exigir que ela explicasse o que queria dizer com "não fazer mais isso", mas sabia que seria inútil. Conversar com ela por menos de três minutos já havia me excitado e eu precisava me lembrar dos motivos pelos quais havia posto um fim à nossa aproximação.

Voltei para a sala de descanso e agradeci a todos, olhando para a foto que o RH tinha fixado na parede. Era uma colagem de minhas fotos profissionais com um adesivo de chapéu de aniversário grudado em minha cabeça. E tinha escrito, em azul brilhante, "Feliz aniversário, Andrew! A GB&H ama você!".

Na verdade, meu aniversário era apenas dentro de alguns meses, em dezembro, e era um dia que eu não celebrava há muito tempo. E mesmo que nunca admitisse isso publicamente, de certa forma, me agradava o fato de as pessoas na GB&H estarem dispostas a celebrar meu aniversário, fosse ele real ou não.

– Quantas fatias de bolo gostaria que eu embrulhasse para você, senhor Hamilton? – Jessica perguntou, dando um tapinha em meu ombro.

– Três – eu disse. – E vou aceitar um copo de limonada também.

– Não vai ficar para o jogo "quem conhece melhor o senhor Hamilton"?

– Nenhum de vocês me conhece. – Voltei para minha sala e tranquei a porta, colocando os presentes de aniversário em cima da estante.

O envelope do senhor Greenwood continha um bilhete que dizia que ele apreciava o meu esforço e a minha dedicação à empresa. Sob suas palavras escritas havia um cartão de presente que permitia o acesso à outra entidade multimilionária de sua família: um campo de golfe.

Os presentes dos estagiários eram, em sua maioria, cartas de agradecimento que imploravam um tempo extra para a entrega de seus trabalhos. Coloquei tudo no triturador.

A caixa preta de Jessica era a próxima e, embora eu quisesse jogá-la fora e nunca mais pensar naquilo novamente, não pude resistir à curiosidade. Tirei a tampa e retirei o papel, puxando um pedaço macio de seda e um bilhete:

Fiquei sabendo que você gosta de mantê-las em seu bolso... Esta é minha.

P.S.: Tirei-as no banheiro há cinco minutos. :)

Jesus...

Enterrei a calcinha no fundo da lixeira e amassei a nota.

Fiquei olhando por um tempo para a caixa prata que Aubrey me dera, pensando se eu deveria esperar até mais tarde para desembrulhá-la, mas não consegui evitar e abri o pacote.

Dentro da caixa havia um pequeno porta-retratos preto. Era feito à mão, a borda tinha sapatilhas e balanças de justiça entalhadas no ferro. Em letras brancas e lisas, estavam as palavras "Alyssa" e "Thoreau".

A foto era de nós dois, juntos, ela contra o meu peito, na cama, sorrindo para a câmera. Suas bochechas estavam vermelhas, como sempre ficavam depois do sexo, e ela estava usando uma das minhas camisetas.

Lembrei-me de quando ela me forçara a tirar essa foto, insistindo que não iria mostrar para ninguém, que era só para ela. Ela até me obrigou a sorrir...

Coloquei o porta-retratos de lado e tirei o outro objeto que estava dentro da caixa, um relógio de prata brilhante com uma inscrição gravada na parte de trás:

Assunto: Você

Eu gostava de você como "Thoreau", mas te amo como Andrew.
Aubrey (Alyssa)

◆◆◆

Meu copo de vinho estava intocado no restaurante Arbors e as velas, que decoravam o centro da mesa, derramavam camadas de cera sobre ela.

Eu estava esperando minha acompannhante, que chegaria a qualquer momento, mas não conseguia parar de olhar para o relógio que Aubrey havia me dado. Ela claramente havia pensado em cada detalhe, nenhum elemento foi por acaso.

Notei duas letras "A" entrelaçadas no canto da tela e, mais cedo, à luz do sol, havia percebido que meu nome estava gravado na lateral do relógio.

– Você é Thoreau? – Uma voz de mulher interrompeu meus pensamentos, fazendo-me olhar para cima.

– Sou.

Ela sorriu e tomou o assento à minha frente.

– Espero que não se importe, mas, como frequento bastante este lugar, a garçonete perguntou se eu gostaria do prato de sempre quando me viu chegar. Eu disse que sim. E pedi o mesmo para você.

– Não me importo. – Um pequeno sentimento de culpa brotou dentro do meu peito, mas não foi forte o suficiente para me distrair do que eu precisava hoje: uma boceta. O mais rápido possível.

A garçonete colocou dois pratos quentes à nossa frente e olhei a hora. Eu daria àquela mulher uma hora – uma hora e nada mais.

– Então, com qual tipo de caso você normalmente lida? – ela perguntou.

– Corporativos, na maior parte, mas já trabalhei com política e impostos também.

– Interessante. Você vive em Durham há muito tempo?

– Muito tempo.

– E este é seu *modus operandi*? – Ela se inclinou para trás na cadeira, arrastando as unhas contra a blusa transparente. – Encontros de uma noite apenas?

– Isso é um problema?

– Nunca é.

Ergui a sobrancelha e a encarei. Ela era, na verdade, bastante atraente, cabelos loiros e longos, corpo curvilíneo e seios empinados.

Atributos físicos à parte, parecia que tínhamos muito em comum. Ela era uma advogada de verdade e morava em um município próximo, havia lido os mesmos livros que eu e, pelo que me disse por telefone, ambos compartilhávamos um apetite sexual compatível.

Nossas entradas vieram e se foram, a conversa se arrastava, mas o relógio de Aubrey ainda prendia uma parte demasiado grande de minha atenção.

– Há algo lhe incomodando? – Ela acenou com a mão na frente do meu rosto. – Lembro-me de você ser muito mais falante ao telefone.

– Estou bem. – Acenei para o garçom e pedi a conta. – Apenas cansado.

– Muito cansado para foder?

– Nunca estou cansado demais para foder.

Corando, ela cruzou as pernas e se inclinou sobre a mesa.

– Esperei por isso a semana inteira.

Não respondi. Simplesmente assinei o cheque e me levantei, estendendo a minha mão para ela.

Cruzamos o saguão do hotel indo diretamente para os elevadores.

No segundo em que as portas se fecharam, ela apertou seus lábios contra os meus e enfiou os dedos em meus cabelos.

– Porra... – gemi enquanto uma de suas mãos deslizava até minha cintura.

Ela moveu a boca em meu pescoço enquanto subíamos para o piso superior, roçando os dentes contra a minha pele. E gemeu, quase engasgando, quando a agarrei pela cintura e a beijei de volta, controlando sua língua com a minha.

Arranquei a presilha de seu rabo de cavalo e joguei-a no chão. Fechei os olhos e aprofundei nosso beijo, mordendo seu lábio enquanto ela tentava se afastar.

Deslizando o joelho entre minhas pernas, ela desabotoou meu cinto e puxou meu zíper.

– Por quanto tempo vamos foder hoje à noite?

– Pelo tempo que você quiser. – Espalmei seus seios através da blusa, deslizando a mão por baixo do sutiã.

– Ahhhh... – ela murmurou enquanto eu acariciava seus mamilos.

As portas do elevador se abriram rapidamente, mas nossos corpos permaneceram entrelaçados enquanto encontrávamos o caminho para a suíte. Seus lábios grudaram nos meus novamente enquanto tropeçávamos pelo quarto, esbarrando no abajur e batendo nos armários.

Ela estava gemendo mais alto agora, mal se controlando enquanto eu tirava seu vestido e abria seu sutiã.

Senti suas mãos na minha cintura, empurrando minhas calças para o chão, e quando minhas costas bateram na parede, percebi que ela já estava de joelhos na minha frente.

Inclinando-se, ela esfregou as mãos para cima e para baixo no meu pau, pedindo-me para lhe dizer o quanto eu queria sua boca em mim.

– Não... – balancei minha cabeça quando percebi que estava fantasiando sobre Aubrey o tempo todo.

– Você não vai nem implorar por isso? – Ela sorriu, aproximando um pouco mais sua cabeça.

– Pare. – Agarrei-a pelos cabelos e gentilmente empurrei-a para longe.

– Tem alguma coisa errada, Thoreau? Você queria me comer primeiro? Devo ficar na cama ou na cadeira?

Não consegui compreender o resto de suas perguntas. Imagens de Aubrey nublavam minha mente, perturbavam todos os meus sentidos. E quanto mais eu olhava para aquela mulher, que estava longe de ser tão bonita quanto Aubrey, mais sentia meu pau amolecendo.

Porra...

Puxei as calças para cima e fechei rapidamente o zíper.

– Não estou com vontade de foder você. Pode sair.

– Como é que é? – Ela respirou fundo e cruzou os braços. – O que você acabou de dizer?

– Disse que não estou com vontade de te foder – falei devagar. – E que você pode sair. Aproveite o resto da noite.

– Você vai me colocar para fora? Simples assim?

– Gostaria que eu reservasse outro quarto para você?

– O que aconteceu com o homem que conheci on-line? – Ela se levantou. – Era tudo uma fachada? Isso é algum tipo de jogo no qual você escolhe as mulheres, diz coisas sensuais que provavelmente deve ter lido na internet e, em seguida, deixa-as ficarem nuas sabendo muito bem que você não sabe foder?

– Acontece que eu sei foder – Estreitei os olhos para ela. – Só não estou com vontade de foder você.

– Não posso... eu não posso acreditar... – Ela estava pasma. – Você é um maldito idiota!

– Idiota? Sim. Certifique-se de fechar a porta quando sair.

Ela puxou o vestido, cobrindo o corpo e pegou a bolsa.

– Vou denunciar seu perfil no Date-Match. E sabe o que mais? Vou deixar um comentário sobre nosso encontro, também. Vou me certificar de que...

– Você normalmente fala enquanto se veste? – cortei-a e me sentei na cama. – Tenho certeza de que isso é algo que não necessita de uma conversa.

Irritada, ela colocou seus sapatos e correu para fora do quarto, batendo a porta ao sair.

Esperei até ouvir o barulho do elevador e deitei-me sobre o colchão. Esforcei-me ao máximo para pensar em algo ou alguém que não fosse a Aubrey, mas era só ela que me vinha à mente.

O que diabos está acontecendo?

Fiquei olhando para o teto por mais uma hora, incapaz de parar de pensar na sensação de sua boca contra a minha quando nos beijamos no escritório, hoje, mais cedo. Mesmo sendo algo que durou apenas alguns segundos.

Sedento por entender o que estava acontecendo, puxei o celular do bolso e liguei para ela.

– Alô? – Ela atendeu no segundo toque. – Alô?

– Por que me comprou esse relógio, Aubrey?

– Por que se importa?

– Eu não me importo, mas li a inscrição na parte de trás. – Silêncio. – Preciso perguntar uma coisa – eu disse.

– Só se eu puder lhe perguntar algumas coisas primeiro...

– Vá em frente.

– Como você pode ser tão inflexível ao falar de honestidade quando não foi completamente honesto comigo?

– Eu fui completamente honesto com você.

– Estou começando a acreditar que seu nome não é realmente Andrew Hamilton...

– Então você continua vasculhando a minha vida e o meu passado na internet? Não tem outros hobbies?

– Quem é E.H.? – sua voz falhou. – Por que essas duas letras estão penduradas em todas as suas paredes? Por que elas estão gravadas em todas as suas abotoaduras?

– Aubrey...

– O que está acontecendo entre você e Ava? Vi quando ela saiu de sua sala na semana passada. Ela sorriu para mim.

– Esse não é um bom momento para conversar?

– Não. – Ela estava respirando com dificuldade. – Esse é um péssimo momento. Por que você não apenas desliga e vai para o Marriott para que possa foder outra pessoa?

– Eu estou no Marriott e eu estava realmente prestes a foder outra pessoa.

Ela ficou em silêncio por alguns segundos.

– Eu não... eu não quero ouvir mais nada, Andrew.

– O que acabou de dizer?

– Eu disse que não quero ouvir mais nada. Nunca mais me telefone de novo, porra.

Ela desligou.

Impasse (s. m.):

Inabilidade de duas partes em alcançar um acordo.

Aubrey

Alguns dias depois...

Meu coração ainda estava doendo, batendo forte, e embora eu tivesse dito a Andrew para nunca mais me ligar de novo, e que eu não queria mais saber de nada, a verdade é que eu não poderia seguir em frente até receber um pedido de desculpas.

Eu precisava disso...

Fiquei enjoada depois de lhe dar aquele relógio e esperava, ingenuamente, que ele ligasse e dissesse que também me amava. Mas ele agiu como se não tivesse significado nada.

Abri a porta de sua sala sem bater e a fechei assim que passei.

Ele ergueu a sobrancelha, observando-me caminhar até a sua mesa, mas não desligou o telefone.

– Sim, tudo bem – ele falou para a pessoa do outro lado da linha.

– Preciso falar com você – disparei. – Agora.

Andrew fez sinal para eu me sentar, mas continuou em sua ligação.

– Sim. Isso também.

Sentei-me e cruzei os braços, tentando com todas as minhas forças não olhar muito diretamente para ele. Andrew era a imagem da absoluta perfeição, estava ainda mais atraente do que de costume, com um corte de cabelo e um terno cinza novos. Seus olhos me fitaram intensamente, como sempre, e notei que ele estava usando o relógio que eu lhe dera. Tinha até combinado com as abotoaduras.

Talvez eu esteja exagerando, afinal...

– Certo... – Andrew se recostou na cadeira novamente e digitou algumas coisas em seu teclado. – Vejo você hoje, às oito da noite, Sandra. Quarto 225.

Meu estômago embrulhou.

– Há algo que eu possa fazer para ajudá-la, senhorita Everhart? – Ele desligou o telefone. – Existe alguma razão para que a senhorita invada minha sala sem bater ou ser anunciada?

– Você já fodeu outra pessoa?

– Está mesmo me perguntando isso?

– Você já fodeu outra pessoa? Fodeu?

– Isso importa?

– Sim, isso importa, caralho. – Meu sangue ferveu quando me levantei. – Você já fodeu outra pessoa?

– Ainda não. – Ele estreitou os olhos para mim e também se levantou, caminhando em minha direção. – No entanto, realmente não vejo como isso possa ser da sua conta.

Olhei para o seu pulso.

– Por que está usando esse relógio se não sente o mesmo que eu?

– É o único relógio que combina com minhas novas abotoaduras.

– Você está mesmo tão cego assim? – Havia lágrimas nos meus olhos. – Você está...

– Eu lhe disse há muito tempo que não tenho sentimentos, que se alguma vez fôssemos foder, este seria o nosso fim. – Ele colocou uma mecha do meu cabelo atrás da minha orelha. – No entanto, percebo que há uma parcela de responsabilidade minha por ter cruzado a linha com você, tanto pessoal quanto profissionalmente.

– Uma parcela?

– Gostaria de chamar o contador da empresa? Tenho certeza que ele pode trabalhar com o número exato.

– Andrew... – Eu estava prestes a perder o controle.

– Já que rompemos os limites e, de fato, éramos amigos antes, estou disposto a reverter esse arranjo.

Balancei a cabeça enquanto ele inclinava meu queixo para cima e olhava nos meus olhos.

– Nós ainda podemos conversar por telefone durante a noite – ele disse. – Você pode me contar sobre seu balé, seus pais, sua vida... E, para ser sensível aos seus sentimentos, vou falar sobre minha vida, mas vou continuar meus encontros de uma noite até que supere completamente qualquer merda que pense que tínhamos.

– Eu disse que amava você... – As palavras correram para fora da minha boca.

– E eu disse que não deveria me amar.

– Você não pode realmente ser uma pessoa tão insensível e fria, Andrew...

– O que quer que eu diga, Aubrey? – seu tom de voz mudou. – Que sua boceta era tão mágica que abriu meus olhos e me fez querer mudar todo o meu jeito de ser por conta disso? Que eu não posso viver ou respirar sem saber que você está ao meu lado? É isso o que está esperando que eu diga?

– Não. – Tentei não chorar. – Um simples pedido de desculpas...

– Por chutar seu traseiro curioso do meu apartamento? – Ele estava olhando para mim. – Para tentar impedi-la de se sentir como você está sentindo agora? Tudo bem. Desculpe-me por não ter feito isso antes.

Resisti à vontade de cuspir na cara dele e recuei. Era oficial, eu o desprezava.

– Você definitivamente não é o homem que pensei que fosse.

– Ótimo, porque tenho certeza de que esse homem é bastante patético. – Ele rapidamente fechou os olhos e suspirou. – Veja, Aubrey...

– É senhorita Everhart – sibilei enquanto caminhava em direção à porta. – *Senhorita Everhart*, porra. Mas não se preocupe, você nunca mais terá de se preocupar com isso, porque não vai me ver de novo.

Bati a porta com tanta força que as janelas do outro lado do corredor sacudiram. Ignorei o olhar desconfiado de Jessica enquanto segui esbravejando até o estacionamento e corri até o banco.

Saquei todos os centavos da minha conta poupança e liguei para a rodoviária para saber o valor de uma passagem só de ida para a cidade de Nova York.

– Setenta e nove dólares e oitenta e seis centavos – informou a operadora. – É dez dólares mais barato se você comprar, também, uma passagem de volta.

– Não vou precisar de uma passagem de volta. – Eu estava dirigindo rumo à garagem do meu apartamento. – E pode me dizer qual o horário de partida do próximo ônibus?

– Hoje à noite. Gostaria de fazer uma reserva agora?

– Sim. – Passei os dados do meu cartão de crédito e escutei bem quando ela me sugeriu o passeio sobre a ponte do

Brooklyn como algo que eu deveria fazer assim que tivesse a oportunidade.

No segundo em que desliguei, agendei um táxi e mandei uma mensagem de texto para minha companheira de quarto:

> Surgiu um imprevisto e preciso me mudar o mais rápido possível... Vou pagar o restante da minha metade do aluguel à imobiliária e vou encontrar uma maneira de ter meus pertences enviados para mim. Estou deixando minhas chaves debaixo da planta da lavanderia.
>
> Aubrey

Peguei duas malas grandes em meu armário e enfiei nelas tudo o que pude encontrar. Depois, coloquei a carta de recomendação do senhor Petrova na bolsa.

Quando estava elaborando um lembrete mental ("Aquele idiota ainda está com minhas calcinhas... Preciso comprar mais."), minha mãe ligou.

– Sim – atendi.

– Desculpe-me, Aubrey? – ela disse.

Revirei os olhos.

– Alô?

– Muito melhor. – Havia um sorriso em sua voz. – A que horas devo esperar por você no restaurante, hoje à noite?

– Nenhuma. Eu não vou.

– Poupe-me de suas birras, Aubrey. Há um monte de dinheiro envolvido neste primeiro jantar. Gostaria que seu pai e eu fôssemos buscá-la?

– Já disse que não vou. Você não me ouviu?

– Aubrey... – ela baixou a voz. – Tenho tentado me segurar pelas últimas semanas, mas quer saber de uma coisa? Estou cansada de você ser tão desatenta e egoísta com relação às aspirações de seu pai, porra. Nenhum de nós pessoalmente dá a mínima para o que você pensa sobre a eleição, mas já que é um membro desta família, exijo que...

– Vá para o inferno, porra. – Desliguei e continuei fazendo as malas, ainda mais rápido agora.

```
Assunto: Táxi

Senhorita Aubrey Everhart,
o táxi chegou ao endereço especificado.
Ele vai esperar por exatamente cinco
minutos.
Táxi Durham
```

Corri para o banheiro e enchi um saco plástico com produtos de higiene pessoal; depois, coloquei-os em minha mala e saí do apartamento.

– Rodoviária, certo? – A motorista de táxi, uma mulher, sorriu quando me aproximei.

– Sim, por favor.

Ela pegou minhas malas e as colocou no porta-malas enquanto eu me acomodava no banco traseiro. Senti meu coração doendo cada vez mais à medida que os segundos passavam e, por mais que eu tentasse bloquear os pensamentos sobre Andrew, imagens de seu rosto invadiam minha mente do mesmo jeito.

Eu estava imaginando a última noite completa que passamos juntos, a noite antes de ele me expulsar de seu apartamento, e não importa quanto eu tentasse entender o que tinha acontecido na noite seguinte, não conseguia. Tudo o que podia fazer era chorar.

◆◆◆

Meu celular vibrou e eu o atendi na esperança de ver na tela o nome do senhor Petrova, mas era Andrew.

– Alô – respondi.

– O que você está fazendo?

– Tenho ensaio do balé às quartas-feiras... Você já não deveria saber disso?

– Se estivesse de verdade no ensaio de balé, não estaria atendendo ao telefone. – Silêncio. – Aubrey? – Ele parecia preocupado. – Está chorando?

– Não – menti.

– O que você tem?

– Nada. Eu só disse...

– Pare de mentir para mim, caralho – ele retrucou. – O que você tem?

– Fui dispensada do ensaio de hoje.

– Ok. E?

– Não há um "e" em relação a isso... – Lágrimas brotavam nos meus olhos. – Eu nunca tinha sido dispensada antes. Ele me fez sentir como merda hoje. Ele ainda disse para a substituta se preparar para tomar o meu lugar bem na minha frente, e depois me disse para não voltar até a próxima semana...

– Já lhe disse o motivo pelo qual ele faz isso. Por que você não acredita em mim?

– Porque eu realmente estava ruim hoje – admiti. – Meus pés estão inchados e não os enfaixei corretamente...

Ele suspirou.

– Ainda tenho certeza de que você era dez vezes melhor do que todas as outras. Não acha?

– Não...

– Confie em mim. Tenho certeza de que ele só...

– Posso passar aí hoje à noite? – eu o interrompi, esperando por um sim, mas tudo o que ouvia era o silêncio. Eu sabia que já tinha abusado da sorte por passar algumas noites junto dele, mas não queria que fosse algo esporádico. Eu queria mais. – Vai me dar uma resposta, Andrew?

– Sim – ele respondeu. – Pode vir. Onde você está?

– Do lado de fora de sua porta.

Ele a abriu segundos depois e me mediu de cima a baixo, levantando a sobrancelha.

– Eu poderia tê-la buscado.

– Quase pedi para você fazer isso...

Ele agarrou minha mão e me puxou para dentro, mantendo os olhos presos nos meus. Quando a porta se fechou, ele me puxou para os seus braços e balançou a cabeça para mim.

– O que está fazendo, Aubrey?

– O que quer dizer?

– Por que continua insistindo em quebrar todas as regras que eu tenho?

– Por que continua me deixando quebrá-las?

Sem dizer mais uma palavra, seus lábios estavam nos meus e suas mãos deslizavam pela minha cintura, desabotoando a minha saia com habilidade e rapidamente empurrando-a rumo ao chão.

Suas mãos roçaram minhas costas, em busca de minha calcinha, mas eu não estava usando uma.

– Lembre-me de devolver a sua coleção – ele riu e gentilmente me levou até o sofá.

Ele largou a minha mão e, em seguida, sentou-se no chão, olhando para mim. Tirou as calças, pegou um preservativo e lentamente rolou-o sobre seu pênis. Comecei a me dobrar para que eu pudesse sentar-me ao lado dele, mas ele agarrou minhas coxas.

– Pare – disse ele. – Eu não quero que você se sente no chão.

– Tudo bem – Olhei por cima do meu ombro. – Quer que eu me sente na mesa de café?

– Não... – Ele arrastou seus dedos pelas minhas pernas.

– Em meu rosto.

– O quê?!

– Sente-se com a boceta na minha cara.

Fiquei parada, sem palavras, incapaz de processar o que ele tinha acabado de me pedir para fazer.

Sorrindo, ele me puxou para perto e bateu na minha perna esquerda.

– Levante o pé sobre o sofá atrás de mim – ele ordenou, apontando para o sofá com os olhos, e eu levantei lentamente meu pé e apertei-o contra a almofada.

– Boa menina. – Ele esfregou as mãos ao longo do interior das minhas coxas, soprando beijos contra minha pele. – Agarre meus cabelos...

Minhas mãos encontraram o caminho em sua cabeça enquanto ele deslizava dois dedos dentro de mim, e os movia lentamente para dentro e para fora.

Ele correu a língua contra meu clitóris e gemeu.

– Hoje você vai fazer o que eu mandar?

– Sim...

– Quero que você fique o mais imóvel possível. – Uma de suas mãos segurou minha bunda, apalpando-a enquanto ele continuava a esticar minha boceta com os dedos. – Você pode fazer isso?

Balancei a cabeça, deixando um gemido baixo escapar de minha boca.

– Isso é um sim?

Ele não me deu chance de responder. Puxou meu clitóris inchado em sua boca, fazendo instantaneamente meus joelhos cederem abaixo de mim.

Fechando os olhos, gritei quando ele agarrou meus quadris e suavemente me balançou contra sua boca, lambendo cada parte de mim, sorvendo cada gota da minha lubrificação.

– Andrew... – Eu mal podia ouvir minha própria voz. – Andrew...

Minha perna direita perdeu a força e eu quase caí para a frente, mas ele me agarrou e me manteve estática, não movendo a boca do lugar.

Puxei seus cabelos, implorando-lhe para abrandar, para me deixar tentar controlar o ritmo, mas foi inútil.

Ele continuou a me foder com a boca, ignorando todos os gritos que eu dava.

Quando meu quadril sacudiu e tremores começaram a percorrer meu corpo, ele passou os braços em torno de minhas pernas e, lentamente, me puxou para baixo, empalando-me com seu enorme pênis.

– Ahhhh... – Eu respirei enquanto ele se enterrava centímetro por centímetro em mim. – Eu... eu...

– Você o quê? – Ele beijou minha testa quando estava totalmente dentro de mim. – Não quer cavalgar em mim como uma puta no cio? Prefere que eu te foda de quatro?

Balancei a cabeça, e ele cobriu um de meus mamilos com a boca, girando a língua até ele ficar completamente entumecido.

Sem que ele precisasse mandar, passei os braços em volta do seu pescoço e comecei a mover para cima e para baixo em seu pênis.

– Mais forte... – Ele mordeu meu pescoço. – Quero que me foda o mais forte que puder...

Apertei meu quadril contra ele de novo e de novo, tão forte quanto pude, mas ele me agarrou e começou a erguer o próprio quadril do chão.

– Andrew, eu vou gozar... – gritei quando ele assumiu completamente o controle das estocadas. – Eu vou...

Ele deu tapas em minha bunda enquanto meu corpo finalmente cedia, enquanto ele gozava também.

Sem ar, inclinei-me contra seu peito, mas ele não me deixou descansar por muito tempo. Tirou-me de seu colo e se levantou, indo jogar fora o preservativo.

Voltando, ele me pegou em seus braços e me levou para o quarto, gentilmente me colocando sobre os lençóis.

Rolei para o lado da cama que eu preferia, o lado da janela, e esperei que ele deitasse ao meu lado, mas ele não o fez. Em vez disso, sentou-se na borda da cama e colocou meus pés no colo.

Eu estava cansada demais para perguntar o que ele estava fazendo, e a próxima coisa que senti foi um suave líquido quente pingando sobre a minha pele. Então, senti suas mãos lentamente espalhando-o em torno dos locais onde o inchaço doía mais.

Eu gemia enquanto seus dedos massageavam as solas de meus pés, dizia seu nome enquanto seus dedos acariciavam cada ponto sensível.

– Shhh – ele sussurrou, deixando-me sem palavras enquanto continuava a cuidar de mim.

Em intervalos curtos, ele olhava para mim e perguntava se eu queria que ele parasse.

E eu negava, balançando a cabeça e mantendo os olhos fechados, saboreando cada momento.

Depois do que parecia ter sido horas de prazer, depois de ter me dado a melhor massagem nos pés que já recebi, ele subiu na cama ao meu lado e me puxou contra seu peito.

– Boa noite, Aubrey – ele sussurrou. – Espero que esteja se sentindo melhor.

Extasiada, enfiei os dedos em seus cabelos.

– Você não vai insistir em me levar para casa esta noite?

– Não, a menos que continue a falar – ele rosnou. – Durma...

– Obrigada pela massagem nos pés... Isso foi realmente...

– Pare de falar, Aubrey – Ele me acomodou por cima de seu corpo. – Durma.

– Eu só estava agradecendo. Não posso dizer obrigada?

– Não. – Ele apertou os lábios contra os meus e me beijou até eu não conseguir mais respirar e disse, entre respirações fortes: – Não me faça ter de fodê-la de novo para dormir.

Tentei me desvencilhar, mas seu aperto era forte demais.

Sorrindo, posicionei minha cabeça contra seu peito e sussurrei:

– Está ouvindo? Está dormindo?

Nenhuma resposta. Apenas profundas respirações adormecidas.

Hesitei alguns segundos.

– Eu te amo...

Risco previsível (s. m.):

Um perigo que uma pessoa sensata deve antecipar como resultado de suas ações.

Andrew

– Jessica! – Olhei para o copo de café sobre a minha mesa, que parecia absolutamente normal.

– Sim, senhor Hamilton?

– Você poderia pedir para a senhorita Everhart vir aqui, por favor? – Eu precisava ver o rosto dela.

Já fazia uma semana completa que ela estava me evitando, e se era preciso eu pedir desculpas, mesmo sendo irrelevante se as palavras realmente tivessem significado ou não, tudo bem. Eu sentia falta de ver sua boca sedutora no período da manhã, e de recordar como era quando ela a pressionava contra a minha.

– Eu faria isso – Jessica respondeu. – Mas considerando que ela entregou sua carta de demissão na semana passada, tenho certeza de que será impossível.

– Ela se demitiu?

Sem me dizer?

Jessica levantou a sobrancelha.

– Sim. Entreguei-lhe a carta que ela deixou para o senhor. Era muito interessante.

– Não recebi nenhuma carta.

Jessica caminhou até a minha mesa e vasculhou entre os papéis.

– Aqui está – ela disse. – Ela lhe deixou duas cartas... Mais alguma coisa?

– Não...

Ela inclinou a cabeça para o lado e bateu no lábio. Pareceu que ela queria dizer mais alguma coisa, mas Jessica sorriu e saiu da sala.

Tranquei a porta, abri a primeira carta e li.

Prezados responsáveis pela GB&H,

Muito obrigada por me contratarem como estagiária durante minha graduação. Tive muitas experiências trabalhando para os senhores e estou honrada por tudo o que aprendi. No entanto, por conta de razões pessoais, peço minha demissão hoje.

Peço desculpas por ter trabalhado com os senhores por tão pouco tempo e desejo que a empresa continue a ter sucesso em seus futuros empreendimentos.

Aubrey Everhart

Suspirei e abri a outra carta, endereçada diretamente a mim.

Caro senhor Hamilton,

VÁ SE FODER.

Aubrey

Indeferir (v.):

Rejeitar a objeção feita por um advogado a uma pergunta direcionada à testemunha em um julgamento.

Aubrey

A cidade de Nova York era um universo totalmente diferente. Não era nada do que eu esperava e, ainda assim, era tudo o que eu sempre quis.

As calçadas eram persistentemente cheias de pessoas correndo para chegar a algum lugar, as ruas eram mares de táxis e uma cacofonia de sons, os gritos dos vendedores de rua, o estrondo do metrô abaixo e as conversas intermináveis entre executivos e pessoas comuns, tudo misturado em uma melodia quase agradável.

Não que eu tivesse muito tempo para ouvir isso, todavia.

Assim que cheguei à cidade, na semana passada, instalei-me em um hotel barato e corri para fazer a inscrição para a audição da Companhia de Balé da Cidade de Nova York.

Todos os dias, durante a semana, pulei da cama às quatro da manhã e segui para o Lincoln Center para aprender a peça da audição, que era simplesmente a coreografia mais difícil que eu já tinha visto na minha vida.

Era rápida, agitada, e os instrutores se recusavam a mostrá-la mais de duas vezes por dia. Não havia nenhuma conversa além da contagem de ritmo. Perguntas também não eram permitidas. Além disso, o pianista da companhia apenas tocava a música no ritmo correto, acelerado, nunca diminuindo um pouco para tornar o processo de aprendizagem mais fácil.

Havia centenas de garotas disputando um lugar na companhia e, pelo que consegui ouvir nas conversas aqui e ali, a maioria já era profissional. Mesmo assim, não permiti que isso me desencorajasse.

Quando os extenuantes ensaios chegaram ao fim, aproveitei a oportunidade para procurar um novo lugar na cidade em que pudesse dançar sozinha. Podia ser um telhado com vista para a Times Square, uma loja histórica abandonada no Upper East Side ou uma livraria na West End.

Apesar do meu amor imediato pela cidade, estar ali não era suficiente para me distrair do meu coração partido. Também não era suficiente para me distrair do fato de que, hoje, dia oficial do teste, eu estava atrasada.

Suando, saí correndo do metrô e segui pela Sixty Sixth Street, fingindo não sentir meus pulmões queimarem.

Continue... Continue...

Um homem à minha esquerda saiu de um táxi e eu imediatamente pulei para dentro.

– Lincoln Center, por favor! – gritei.

– É logo ali na frente. – O motorista me olhou através do espelho retrovisor, confuso.

– Por favor? Eu já estou atrasada.

Ele deu de ombros e saiu enquanto eu tentava normalizar minha respiração.

Para não perder tempo, puxei o *tutu* preto da bolsa e o coloquei sobre as meias. Peguei a maquiagem e apliquei-a o melhor que pude. Quando nos aproximamos do meio-fio, joguei uma nota de dez dólares para o motorista e saltei do carro.

Correndo para dentro do prédio, segui em direção ao teatro, e me senti aliviada ao ver que uma das diretoras ainda estava do lado de fora.

– Sim? – Ela me mediu de cima a baixo quando me aproximei. – Posso ajudá-la com alguma coisa?

– Estou aqui para as audições.

– Para as audições das *nove horas*? – Ela olhou para o relógio. – São nove e quinze.

– Sinto muito... Eu liguei há uma hora e disse...

– Seu primeiro táxi quebrou? Foi você?

Balancei a cabeça.

Ela me observou por mais alguns segundos, apertando os lábios. Então, abriu as portas.

– Você pode vestir suas roupas brancas no camarim. Apresse-se.

A porta se fechou atrás de mim antes que eu pudesse perguntar o que ela quis dizer com "suas roupas brancas", mas, conforme meus olhos percorreram o palco, percebi que todos os dançarinos estavam vestidos com *collant* e *tutu* brancos.

Merda...

Minhas bochechas queimaram quando olhei para a minha roupa. Eu não trouxera nem o *collant* nem o *tutu* branco. Esqueci-os em casa.

Aproximando-me do palco, larguei minha bolsa na cadeira e tentei ignorar o pavor que dominava o meu peito. Eu apenas precisava me focar em dar tudo de mim na audição. Era isso.

Encontrei um espaço aberto no palco e alonguei meus braços, notando os sorrisos e sussurros que estavam sendo lançados na minha direção.

Destemida, sorri para quem fez contato visual comigo e continuei minha rotina.

– Atenção, por favor – A voz de um homem soou pelo alto-falante. – Todo mundo pode parar de se alongar e caminhar até a beirada do palco, por favor?

Abaixei a perna e segui a multidão, encontrando um lugar mais para o canto.

O homem que se dirigira a nós era alto, tinha cabelos grisalhos, usava óculos de aro, e era a definição viva da palavra “lenda”: seu nome era Arnold G. Ashcroft, e eu acompanhei, durante anos, sua carreira como coreógrafo. Ele já foi o especialista mais requisitado no mundo, e só perdeu posição no ranking por conta de seu rival russo, Paul Petrova.

– Estamos felizes em ver tantos interessados para essa sessão de audições – ele disse. – Como sabem, por conta de uma série de eventos infelizes, estamos refazendo a nossa equipe. Dito isto, estamos mantendo nosso cronograma de produção atual como está, o que significa que estaremos preenchendo os papéis dos principais bailarinos, solistas, e membros da corporação dentro dos próximos quatorze dias. Os ensaios serão longos e difíceis, das quatro às dez, meia-noite se necessário, e não haverá espaços para desculpas ou... – Ele me olhou de cima a baixo, franzindo a testa para o meu traje. – Erros.

– Essa é a primeira rodada de seis. Vocês serão informados da situação quando a música parar, e quem for enviado para casa, por favor, não hesite em tentar novamente no ano que vem. Vejo aqui várias pessoas que fracassaram no verão passado, por isso, espero que tenham aprendido alguma coisa durante esse período. Para esta rodada de audições, vamos fazer uma parte da rotina de *Balanchine* em grupos de oito. Vocês podem se alongar por alguns minutos e, em seguida, vamos começar.

Ele acenou para o homem que estava tomando seu lugar no piano e, então, virou-se e fez um sinal de positivo para três pessoas que estavam sentadas nos bancos dos jurados. Sorrindo, subiu ao palco, e cumprimentou alguns rostos familiares.

Caminhei até ele e toquei seu ombro.

– Sim? – Ele se virou.

– Humm – Murchei sob seu olhar penetrante. – Bom dia, senhor Ashcroft. Meu nome é Aubrey Everhart e estou...

– Atrasada – ele me cortou. – Você também é a única dançarina que não está usando o branco obrigatório.

– Sim, bem... – gaguejei. – É por isso que quero falar com o senhor.

– Ah...

– Quero saber se o senhor permitiria que eu fosse para casa trocar de roupa.

– E porque eu permitiria isso, senhorita Everhart?

– Para que eu possa fazer minha audição com o grupo dessa tarde e ser julgada justamente. Eu só acho que já tenho...

– Pare. – Ele pressionou uma caneta contra os meus lábios. – Senhoritas, posso, por favor, ter sua atenção?

Um silêncio imediato caiu sobre o teatro. Ele disse, então, sorrindo:

– Quero que todas conheçam Aubrey Everhart. Ela acabou de me informar que, devido ao fato de estar atrasada e ter decidido usar um traje inadequado para sua audição de hoje, há uma chance de ser julgada injustamente.

A bailarina na minha frente cruzou os braços.

– Agora – ele prosseguiu. – Como o mundo do balé é justo e sempre atendeu às necessidades dos despreparados, alguém se incomodaria se eu permitisse que a senhorita Everhart fosse para casa, se trocasse, e retornasse para as audições das seis horas?

Todas as dançarinas no palco levantaram a mão.

– Foi o que pensei – seu tom era frio. – E se você acha que seu *tutu* de cor errada vai afetar a forma como você dança, deve partir agora mesmo. E não precisa voltar.

Engoli em seco, desejando que pudesse desaparecer.

– Você pode dançar no primeiro grupo. – Ele balançou a cabeça para mim e foi embora.

Desconsiderando os risinhos suaves das outras garotas, retornei para meu antigo lugar no palco e me alonguei mais um pouco. Tentei esquecer tudo o que tinha dado errado naquela manhã e fingi que estava em Durham novamente, dançando para um dos melhores diretores do mundo.

– Senhorita Everhart? – Uma mulher disse meu nome, tirando-me dos meus pensamentos.

– Sim?

– Você vai tomar o seu lugar no centro do palco com todos os outros ou precisa de mais tempo para encontrá-lo?

Sorri para a mesa dos jurados e caminhei até a linha.

A mulher sinalizou para o pianista e ele tocou si bemol maior antes de começar a tocar a peça. Conforme seus dedos tocavam as notas, meus braços subiram para o alto da minha cabeça e, lentamente, girei sob meus pés, estremecendo quando a sapatilha de ponta que eu usava no pé direito estalou.

Ignorei a dor e continuei a rotina. Terrivelmente.

Cada vez que eu tentava um salto, pousava sem equilíbrio e deslizava um oitavo da contagem atrás de todo mundo. Meus giros eram desajeitados, freneticamente sem ritmo e meus movimentos estavam tão tortos que topei com a menina ao meu lado.

Envergonhada, murmurei um pedido de desculpas e virei, mas perdi o equilíbrio e caí no palco. De cabeça.

Ignorei a explosão de risadas dos dançarinos na plateia e levantei-me, tentando voltar para a apresentação.

– Pare! – o senhor Ashcroft gritou ao lado do palco, fazendo a música cessar.

Ele caminhou até chegar à nossa frente e deu um passo em minha direção.

– Verifiquei seu arquivo, senhorita Everhart. – Ele parecia indiferente. – Você estudou recentemente com o senhor Petrova?

Balancei a cabeça.

– Use palavras, por favor.

– Sim... – Limpei a garganta. – Sim, estudei.

– E ele escreveu uma carta de recomendação verdadeira em seu nome?

– Sim, senhor.

Ele olhou para mim sem acreditar. Chocado.

– Espera que eu acredite nisso quando você dança de maneira tão dura? Quando fica, a cada passo, uma contagem atrás?

– Sim... – minha voz era um sussurro.

– Bem... Ao menos você sempre poderá dizer que estudou com um dos melhores coreógrafos de todos os tempos. Pode deixar o meu teatro agora.

Meu coração afundou.

– O quê?

– Não acho que seja adequada o suficiente para a nossa companhia. Enviaremos a você um e-mail, esta noite, com um link para que possa comprar ingressos com desconto para os shows da temporada.

Uma lágrima rolou pelo meu rosto e, como se ele pudesse ver que tinha acabado de quebrar meu coração, aproximou-se, deu um tapinha em meu ombro e concluiu:

– Tenho certeza de que teve treinamento. Um treinamento muito bom. E posso ver que tem potencial, mas não estamos interessados em potencial aqui. Para o resto de vocês, parabéns! Vocês ganharam um lugar para a próxima etapa de audições. Agora, por favor, liberem o palco para o próximo grupo de dançarinas.

Um forte aplauso surgiu, vindo dos candidatos que estavam na plateia, e senti como se estivesse assistindo minha vida desmoronar na minha frente. Magoada, segui os dançarinos para os degraus do lado, incerta do que fazer em seguida.

Peguei minha bolsa e evitei os olhares patéticos dos candidatos que me julgavam, balançando a cabeça.

– Isso serve para lhes mostrar que até mesmo Petrova escolhe pessoas sem talento, às vezes – disse Ashcroft para os outros, rindo.

Virei-me e, enfurecida, subi os degraus que levavam ao palco e sentei-me na linha branca. Soltei minha sapatilha direita e preparei outra, enrolando as fitas em minha perna para amarrá-la corretamente.

– Pode trocar seus sapatos no banheiro, senhorita Everhart. – Ashcroft me repreendeu. – O palco é para dançarinos de verdade. Ou Petrova não lhe ensinou isso?

– Preciso de outra chance – retruquei. – Só porque não dominei a peça *Balanchine* não quer dizer que eu seja uma péssima dançarina.

– Claro que não, querida – ele zombou de mim. – Isso a torna uma dançarina fracassada, que atualmente está usando o meu palco e desperdiçando o precioso tempo das audições para aqueles que podem realmente fazer parte da minha companhia.

Aproximei-me do pianista.

– Tchaikovsky, *O Lago dos Cisnes*. Ato dois, cena quatorze. Conhece essa peça?

– Humm... – Ele parecia confuso.

– Conhece ou não?

– Sim, mas... – Ele apontou para um outro jurado que havia se levantado e agora nos olhava, de braços cruzados.

– Pode tocá-la, por favor? – Implorei com o olhar. – Tem apenas três minutos de duração.

Ele soltou um suspiro, endireitou as costas e começou a tocar as teclas do piano. Sem nenhuma contagem, as primeiras notas do concerto e o som suave ecoou através das paredes do teatro.

– Senhorita Everhart, a senhorita está desperdiçando o tempo de todos... – O rosto de Ashcroft ficou vermelho ao me ver deslizando para a quinta posição.

Pude ouvi-lo suspirar. E pude também ouvir os outros candidatos murmurando, mas, conforme eu girava no palco e transitava de um *arabesque* para um *grand jeté*, eles pararam de comentar.

As notas demoraram mais, sombrias, conforme a música seguia sua evolução e esforcei-me para garantir que cada movimento de minhas mãos fosse suave e gracioso. Quando dei o salto com o qual finalizava uma série perfeita de piruetas, pude ver Ashcroft coçando o queixo.

Antes que eu percebesse, entrei em transe e me vi dançando no meio da Times Square, sob luzes piscando e um céu estrelado.

Continuei dançando por muito tempo depois de a última nota ter sido tocada, cantarolando o refrão adicional que a maioria dos pianistas ignora, e terminei inclinando-me sobre a perna esquerda, segurando a perna direita para trás, esticada no ar.

Os jurados me encaravam com seus rostos inexpressivos.

– Terminou, senhorita Everhart? – Ashcroft perguntou.

– Sim...

– Bom. Agora, dê o fora daqui.

Permaneci de pé e mordi o lábio, buscando não permitir que o choro me quebrasse na frente de todos.

– Muito obrigada pela oportunidade... – Peguei minha bolsa e corri para fora do palco. Segui correndo pelo corredor até chegar do lado de fora do prédio.

Parei na frente de uma lata de lixo e me agachei, esperando o inevitável vômito.

No fundo, eu sabia que era uma boa dançarina, sabia que tinha dançado com o coração e, sinceramente, sentia que merecia uma segunda chance.

O pensamento de falhar nunca tinha passado pela minha cabeça quando me inscrevi para aquela audição, e a opção de voltar para Durham era tão dolorosa que chegava a ser insuportável.

Levantei-me e refleti sobre minhas opções: 1) Voltar para casa e para o programa de Petrova; 2) Voltar lá para dentro e dizer que são todos uns malditos idiotas, ou...

– Senhorita Everhart? – Alguém bateu em meu ombro.

Virei-me e dei de cara com um estoico Ashcroft.

– Sim? – Limpei o rosto na manga e forcei um sorriso.

– O que acabou de fazer no palco foi rude, antiprofissional e horrível. Foi a pior coisa que eu já vi uma dançarina com futuro fazer, e não apreciei nem um pouco... Isto posto, esteja aqui no horário para a segunda etapa, na próxima semana.

Meu queixo caiu e não tive a chance de gritar ou dizer obrigada. Ele já tinha ido embora.

Peguei meu telefone, ansiosa para contar a alguém que havia conseguido passar para a próxima etapa, mas não tinha ninguém para ligar.

Tudo que constava em meu celular eram mensagens furiosas de meus pais e toneladas de chamadas deles que eu não tinha atendido. Eu sabia muito bem que não devia ligar para eles naquele momento. Eles não davam a mínima, mesmo.

Procurei pelo número de Petrova, esperando que o tivesse salvado, mas um e-mail de Andrew apareceu em minha tela: *Assunto: Sua demissão.*

Fiquei tentada a abri-lo, mas meu coração não permitiu. Ele fora a razão principal da minha fuga para Nova York e eu não precisava que se intrometesse em minha nova vida.

Apaguei a mensagem e decidi que não iria mais pensar nele. Tudo o que importava agora era o balé.

Refutação (s. f.):

Prova apresentada para contestar, rejeitar ou contradizer a prova ou suposição da oposição ou argumento legal sensível.

Andrew

Meses depois...

O outono veio e se foi, levando as folhas e o sol âmbar consigo. Novos estagiários preencheram as vagas na GB&H, novos casos e clientes encheram os calendários, e conforme o inverno envolvia a cidade, uma coisa permaneceu clara: Durham conseguia estar um nível à frente no quesito merda, se comparada a Nova York.

Pelo menos no que dizia respeito ao inverno.

Aquele era o inverno mais frio que a cidade já vivenciara e, como se tratava de uma cidade do sul, ninguém estava preparado. No tribunal em que eu estava atualmente sentado, havia cobertores nas janelas ao invés de uma vedação adequada, e aquecedores podiam ser encontrados espalhados por todos os cantos.

Havia pouca disponibilidade de caminhões de sal para controlar o gelo das ruas, e eram poucas as pessoas que realmente sabiam dirigir naquelas condições climáticas. E por qualquer que seja o motivo, não havia mais mulheres adequadas disponíveis.

– Andrew? – o senhor Bach cutucou meu ombro. – A acusação acabou com a testemunha... Você vai redirecionar? Esta última fala pode ter influenciado o júri.

– Permissão para redirecionar, Meritíssima. – Levantei-me.

A juíza balançou a cabeça e eu encarei a testemunha. Ela estava mentindo desde o começo do julgamento, e a minha paciência já tinha se esgotado.

– Senhorita Everhart... – Limpei a garganta. – Quero dizer, senhorita *Everly*, você acredita que deixar seu marido neste momento de necessidade foi o melhor para a sua empresa?

– Sim – ela disse. – Eu lhe disse isso em nosso primeiro encontro.

– Não. – Balancei a cabeça. – Você disse que o amava e que a única razão para deixá-lo era acreditar que ele não a amava. Isto não é verdade?

– É, mas...

– Então, porque ele não disse que a amava usando seus termos, porque ele disse que era, na verdade, incapaz de amá-la como a senhora gostaria, a senhora decidiu deixá-lo. Foi isso?

– Não... Eu o deixei porque ele estava gastando o dinheiro da empresa em coisas desnecessárias. E me traindo.

– A senhora alguma vez pensou nos sentimentos dele? – perguntei. – Pensou em simplesmente perguntar se sua partida iria afetá-lo, estando vocês bem ou não?

– Ele estava... – Ela estava se perdendo. – Ele estava me traindo...

– Estava? Ou a senhora apenas queria mais do que ele estava disposto a lhe dar emocionalmente, senhorita Everly?

– Por favor, pare...

– É possível que a senhorita esteja inventando tudo isso?

– Não, nunca. Eu nunca iria...

– É possível que a senhorita seja uma *maldita mentirosa*?

– Ordem! Ordem! – A juíza bateu o martelo e o júri sobressaltou-se.

– Advogado, meu gabinete. AGORA!

Olhei para as lágrimas falsas caindo pelo rosto da senhorita Everly. O caso era um engodo.

Caminhei até o gabinete da juíza e fechei a porta.

– Sim, Meritíssima?

– Ficou completamente louco?

– Como?

– Você acabou de chamar sua própria testemunha de "maldita mentirosa".

Olhei através da janela e vi que o oficial de justiça estava entregando a ela uma caixa de lenços de papel.

– O que está acontecendo? – ela perguntou. – Você anda bebendo? Fumando alguma outra coisa além de charutos e cigarros?

– Por que estou tendo um dia ruim no tribunal?

– Porque você teve vários dias ruins no tribunal.

– Não me lembro de ter chamado nenhuma outra testemunha de "maldita mentirosa"...

– Você manifestou uma objeção durante a leitura de um veredicto.

– Talvez não tenha gostado do tom.

– Talvez, mas você nunca se atrapalhou no meu tribunal. – Ela parou. – Nunca.... Por favor, vá fazer um *check-up*, senhor Hamilton. Eu odiaria ser a juíza no comando da sua primeira derrota.

Ela fez sinal para eu segui-la para fora do gabinete. Ao voltarmos para o tribunal, a juíza tomou seu lugar e anunciou que o julgamento atual estava sendo adiado em razão de uma regra fora do comum trazida pela defesa e que voltaríamos a nos reunir dentro de duas semanas.

Aliviado, fechei minha pasta e ignorei o rosto vermelho da senhorita Everly.

– Senhor Bach – ela disse, olhando para mim. – Eu realmente gostaria que ganhássemos esse caso, assim, você poderia, por favor...

– Já estamos cuidando disto – ele a interrompeu, oferecendo um sorriso tranquilizador. – Não se preocupe. – O senhor Bach pediu para o senhor Greenwood acompanhar a senhorita Everly até o carro e, depois, virou-se para mim e suspirou. – Andrew, Andrew, Andrew... Acho que você precisa de uns dias de folga. Vou assumir este caso, tudo bem? O senhor Greenwood e eu vamos cuidar dos seus clientes nas próximas semanas.

– Você está exagerando – respondi. – É só a merda de um caso.

– A merda de um caso que você está prestes a perder.

– Eu nunca perco.

– Eu sei. – Ele me deu um tapinha no ombro. – Vá para casa, Andrew. Você, na verdade, nunca saiu de férias. Talvez seja o que precise fazer neste momento.

– Não. – Peguei minha maleta. – Vejo você na reunião com Reber, amanhã de manhã.

O senhor Bach me chamou novamente, mas eu o ignorei. Voltei rapidamente para o escritório da GB&H, preparado para mergulhar em mais trabalho. Ultimamente, eu estava evitando meu apartamento o máximo possível. Não suportava ficar lá.

Camisinhas fechadas decoravam meu bar garantindo o lembrete do longo tempo que não fodia uma boceta.

Garrafas vazias forravam a soleira das minhas janelas e meus charutos cubanos já haviam acabado há muito tempo.

– Está tudo bem, senhor Hamilton? – a recepcionista perguntou enquanto eu passava pela porta da empresa.

Ignorei-a. Muitas pessoas estavam me fazendo esta pergunta ultimamente e eu já estava cansado de ouvir aquela merda.

Tranquei-me em minha sala e tirei o telefone do gancho. Não precisava de nenhuma distração.

Pelo o resto da manhã, li os arquivos em silêncio absoluto, nem mesmo respondi aos e-mails de meus próprios clientes.

– Jessica! – chamei assim que o relógio marcou meio-dia. – Jessica!

– Sim, senhor Hamilton? – ela entrou prontamente na sala.

– Existe alguma razão para você, de repente, ter decidido parar de organizar os arquivos dos casos por data? – Deslizei uma pasta sobre a mesa. – Alguma razão para ter parado de fazer seu maldito trabalho?

– Você realmente acha que tenho tempo de organizar todos os arquivos de seus casos por data? Sabe quanto tempo isso leva? – Ela levantou uma sobrancelha. – Isso foi ideia da senhorita Everhart. Eu disse a ela que era perda de tempo, mas parece que o senhor não concorda. Se eu tiver algumas horas livres no meio do caso Doherty, na próxima semana, tentarei fazer isso.

– Obrigado. – Ignorei o fato de meu coração ter batido mais forte quando ela disse "senhorita Everhart". – Pode sair de minha sala agora.

Puxei os papéis do arquivo e comecei a organizá-los. Enquanto eu colocava todos os depoimentos das testemunhas juntos, Jessica limpou a garganta.

– Sente falta dela, não é? – ela perguntou.

– Como? – Ergui a cabeça repentinamente.

– Aubrey – ela disse, sorrindo. – Você sente falta dela, não sente?

Eu não disse nada, apenas observei Jessica se aproximar de mim, levantando devagar a lateral da saia para mostrar que não estava usando nada por baixo.

Sorrindo, pegou minha xícara de café e tomou um longo e dramático gole.

– Jessica... – resmunguei.

– Você não tem de admitir isso. – Ela colocou a bunda nua em cima de minha mesa. – Mas está claro que não é o mesmo há algum tempo...

– Sua bunda está em minha mesa neste exato momento?

– Você nem me insulta mais, como costumava fazer antes – ela disse. – Sinto falta disso. De verdade.

Peguei uma caixa de lenços. Jessica prosseguiu:

– Ela não está mais no antigo apartamento dela, mas você sabe disso. Acho que se mudou.

– O que te leva a pensar que me preocupo com a vida de ex-funcionários?

– O endereço que você me deu para entregar aquele envelope e a caixa vermelha. Era o endereço dela.

– Aquilo foi para um velho amigo.

– Sim, bem... – Ela desceu da mesa. – Seu velho amigo deve morar no mesmo endereço de Aubrey Everhart, porque puxei seus registros do RH e era ali que ela morava.

Silêncio.

– Foi o que pensei. – Jessica sorriu. – Então, como somos tão próximos...

– Não somos próximos.

– ... é meu dever como amiga avisá-lo que você está cedendo... – Ela realmente parecia triste. – Você não está se barbeando, toda manhã vem para o trabalho com cheiro de álcool e mal grita com os estagiários... Não tenho um sonho erótico com você há um bom tempo.

Revirei os olhos e me levantei, limpando a parte da mesa na qual a bunda dela tinha estado.

– Mas, como sei seu segredo sobre Aubrey, você também pode saber um segredo meu – ela disse, baixando a voz. – Às vezes, no período da manhã, quando ela trazia o café e fechava a porta, eu ficava escutando do lado de fora... – Seus olhos se acenderam. – E fingia que era eu...

– Você fingia que era quem?

– Aubrey – disse ela. – Evidentemente, ela era boa o suficiente para você quebrar a regra de não foder colegas de trabalho. – Jessica caminhou até a porta. – No segundo em que ela começou a trabalhar aqui, soube que você gostava dela.

– Você não tem ideia do que está falando.

– Claro que não tenho. – Ela me contemplou por cima do ombro. – Mas soube, no momento em que ela se demitiu, que você se fecharia em sua concha. Você nem percebeu que está usando o mesmo terno azul há duas semanas.

◆◆◆

Tomei um longo gole de uísque direto da garrafa, enquanto olhava, entorpecido, as imagens que estavam passando na televisão. Uma garota loira, pequena, brincava na chuva e pisava, com botas vermelhas, em todas as poças de água que conseguia encontrar.

– *É hora de ir, Emma...*

Estremeci ao ouvir o som de minha velha voz, mas continuei assistindo à cena.

– *Mais cinco minutos!* – ela pediu, com um sorriso.

– *Você nem sabe o que isso significa. Acabou de me ouvir dizer isso...*

– *Mais cinco minutos!* – Emma pulou em outra poça, rindo. – *Mais cinco minutos, papai!*

– *Vai chover a semana toda. Você não quer ir para casa e...*

– *Não!* – Ela pisou com força em outra poça, fazendo a água espirrar em mim. E, então, ela sorriu inocentemente para a câmera antes de sair correndo, implorando para que eu a seguisse.

Eu não podia mais suportar. Desliguei a televisão e joguei o DVD no chão.

Porra...

Caminhando pelo corredor, alinhei os quadros "E" e "H" que estavam na parede, esforçando-me ao máximo para não encará-los muito.

O que eu precisava, naquela noite, não era de outra bebida. Eu precisava de alguém com quem conversar.

Peguei meu telefone na escrivaninha, rolei pelos contatos até chegar no nome da única pessoa que já tinha conseguido manter meus pesadelos afastados. Aubrey.

O telefone tocou quatro vezes e a ligação foi para a caixa postal.

"Olá, você ligou para Aubrey Everhart. Não posso atender sua chamada agora, mas, se deixar seu nome e telefone, ligarei de volta assim que puder."

Assim que soou o sinal, desliguei. Então, liguei de novo, apenas para ouvir sua voz por esses rápidos instantes. Tentei me convencer de que não estava sendo patético ao ligar para ela cinco vezes, mesmo sabendo bem pra caralho que ela não estava lá. Quando liguei pela sexta vez, todavia, ela atendeu.

– Alô? Andrew?

– Olá, Aubrey...

– O que você quer? – Sua voz era fria.

– Tudo bem?

– O que você quer, Andrew? – ela perguntou, ainda mais fria. – Estou ocupada.

– Então por que atendeu?

– Foi um erro.

Ela desligou.

Respirei profundamente, chocado com o fato de ela ter desligado na minha cara. Comecei a digitar um e-mail para puni-la por ser tão rude, mas notei que ela não tinha respondido meus três últimos, e já fazia meses:

```
Assunto: Sua demissão

Mesmo que as últimas palavras de sua
carta de demissão tenham sido ridícu-
las e pouco profissionais, eu gostaria
de aceitar a sua oferta e foder você.
Marque a hora.
Andrew
```

Assunto: Meu terno

Como você ainda não veio pegar seu pagamento, devo presumir que essa foi a forma que encontrou para pagar pelo meu terno que você estragou ao derrubar café?

Andrew

Assunto: BALÉ

Passei no seu estúdio de dança mais cedo. Você não estava lá.

Desistiu de lá, também?

Andrew

Decidi que precisava substituí-la. Rápido.

Peguei meu laptop na escrivaninha e acessei o LawyerChat, procurando por alguma outra Alyssa.

Passei a noite toda percorrendo as salas de bate-papo, respondendo perguntas aqui e ali, sondando as personalidades de quem estava perguntando, mas nenhuma delas me conquistou. Ainda assim, uma mulher que constava como advogada com dez anos de experiência, parecia promissora, e isso me fez clicar para iniciar uma conversa.

– Se tem dez anos de experiência, que tipo de ajuda poderia encontrar nesse site? – Digitei.

– Nunca se é velho demais para aprender novas coisas... Por que você está aqui?

– Estou procurando uma substituta.

– Está procurando uma funcionária?

– Não, apenas alguém com quem eu possa conversar e gozar de vez em quando.

Ela me bloqueou.

Tentei conversar com algumas outras mulheres, mantendo minhas verdadeiras palavras para mim mesmo, mas, no final, elas só queriam me usar para obter informações e ajuda; nenhuma estava aberta a conversar sobre qualquer outra coisa. Desde que o LawyerChat havia se popularizado, recentemente, parecia haver um grande número de estudantes de Direito usando-o para fazer reclamações sobre seus professores.

Fechei o laptop e tomei outro longo gole direto da garrafa. Imediatamente notei que havia somente um "tipo de Alyssa": Aubrey...

Talvez eu tenha cometido um erro...

Pelo canto dos olhos, vi um envelope sob a fenda da minha porta. Não estava lá quando cheguei em casa, e não estava lá algumas horas atrás, quando pedi o jantar.

Confuso, fui até lá e o peguei.

Era uma convocação oficial do tribunal para testemunhar em uma audiência em Nova York, mas não estava endereçado ao meu novo nome. Estava endereçado a Liam Henderson.

Recurso (s. m.):

O MEIO DE ALCANÇAR JUSTIÇA EM QUALQUER QUESTÃO NA QUAL PROBLEMAS LEGAIS ESTÃO ENVOLVIDOS.

Aubrey

O Pássaro de Fogo.

Joias.

O Lago dos Cisnes.

Anotei as peças para as quais queria fazer teste em minha agenda enquanto sorria e passava as mãos pela carta de aceitação pela enésima vez. Eu tinha dez cópias, duas delas estavam emolduradas, sete eram para me inspirar quando eu me sentisse desanimada, e uma era para meus pais. (Eu só não tinha tido tempo e energia para escrever um "Porra, eu disse" na carta que seria enviada junto.)

Olhei para o relógio na parede e chequei meu telefone, tentando ignorar o enorme frio na barriga que sentia.

O cara que eu estava namorando agora, Brian, era dançarino e colega da companhia, e estava para me ligar para que conversássemos sobre algo importante.

Desde que o conheci, ele estava fazendo seu melhor para me conquistar, levando-me a encontros entre os ensaios, juntando-se a mim quando eu dançava em telhados e bancos dos parques cheios de gelo. Brian era gentil, doce, engraçado e o exemplo perfeito do significado de "cavalheiro".

Ele era como o cara legal dos filmes antigos de Hollywood, o tipo que segura sua mão sem motivo algum, que caminha com você até a porta de casa e espera você entrar antes de partir. O tipo que beija com suavidade e ternura, sussurrando que gosta de seus lábios, mas nunca apressando as coisas.

Em outras palavras, não era nada parecido com Andrew.

Nada parecido.

Embora seus beijos nunca me deixassem ofegante e molhada e seus toques nunca incendiassem meus nervos, Brian também nunca fez com que me sentisse um lixo.

Meu celular vibrou e eu olhei para a tela. Era ele.

– Recebeu as rosas que lhe enviei hoje?

Sorri, olhando paras as flores vermelhas e brancas em minha lareira.

– Sim, muito obrigada. São lindas.

– Coloquei outra coisa no vaso para você, também... Use para relaxar esta noite. Ligo depois que sair do ensaio.

– Vou ficar esperando por isto.

Adicionei uma carinha feliz no final do meu texto, fui até o vaso e levantei as flores por suas hastes. Havia um enorme pacote de sais de banho cor-de-rosa, pétalas de rosas, com um bilhete:

Na próxima vez que for tomar banho... pense em mim...

– Brian

Meu coração acelerou, não pude evitar, mas eu queria pensar nele. Tirei minhas roupas e segui para o banheiro, jogando as pérolas sob a água corrente.

Conforme soltei o cabelo, aumentei o volume do celular ao máximo e, antes de deixá-lo de lado, vi um e-mail novo. Andrew.

Meu coração quase pulou para fora do peito, como sempre acontecia quando um de seus e-mails ou telefonemas esporádicos surgia em minha tela.

Tudo em mim dizia para não abri-lo, para seguir ignorando-o e permitindo que ele se sentisse sozinho e desvalorizado, assim como eu me senti meses atrás, mas não consegui evitar.

Assunto: Thoreau & Alyssa

Você mencionou uma vez que sentia falta de quando éramos Thoreau e Alyssa porque eu, supostamente, a tratava melhor. Não acho que a tratei de forma diferente. Apenas queria muito foder você. Mas quando nos encontramos pessoalmente, eu, infelizmente, queria ainda mais foder você.

Eu, em particular, prefiro nós dois como "Andrew & Aubrey" porque, em uma noite como hoje, quando não há nada que eu prefira fazer do que te foder contra o meu balcão até fazê-la gozar, pelo menos posso realmente imaginar a sensação da sua boceta e não preciso mais fantasiar.

Atenda ao telefone...

Andrew

Balancei a cabeça e larguei o telefone, apagando mentalmente a mensagem e entrando na banheira.

Deitei-me e deixei a água quente cobrir-me até o peito, exalando e aquecendo minha pele.

Agora que eu estava com Brian, tornava-se mais fácil não pensar em Andrew, mas estava mais difícil tentar me forçar a esquecê-lo. Eu ainda pensava nele tarde da noite, quando estava na cama, muitas vezes desejando que ele estivesse enterrado dentro de mim.

No entanto, estava decidida a não voltar para ele e para aquele jeito imbecil, e jamais permitiria que ele voltasse para mim.

Nunca.

Esfreguei meu corpo com uma esponja macia, esforçando-me ao máximo para ignorar o latejar intenso entre as minhas pernas que sempre surgia quando eu pensava em Andrew. Joguei água sobre a cabeça, sem conseguir afastar o pensamento de Andrew lavando meu cabelo na banheira, dizendo-me para ficar sob a água e segurar a parede conforme ele agarrava minha cintura e me fodia forte por trás.

Meus dedos encontraram o caminho até meu clitóris enquanto lembrava dele me inclinando sobre a penteadeira do quarto, enquanto dizia "preciso que você receba meu pau... inteiro", conforme ele apertava meus seios e beijava as minhas costas.

Esfreguei meu clitóris em círculos, fechando os olhos enquanto imaginava seus lábios nos meus, gemendo conforme ele inchava com cada carícia.

– Ahhhhh... – Senti meus mamilos endurecerem ao passo que a água esfriava e eu estava perto, tão perto de gozar, mas meu telefone tocou.

Andrew?

Levantei-me imediatamente e enrolei-me em um roupão. Corri para atender, repetindo para mim mesma que podia atender sua ligação "apenas desta vez".

– Alô? – Segurei o celular na orelha, sem olhar para a tela.

– Aubrey? – Era Brian.

– Oi... – suspirei, tentando esconder meu descontentamento. – Como está?

– Não é uma boa hora? Você parece meio chateada.

– Não estou chateada. Acabei de sair do banho.

– Ah, certo, certo – ele disse. – Usou o kit de relaxamento que comprei para você?

– Usei, sim.

– Também pensou em mim?

– Sim... – menti, sentindo-me um pouco culpada. – Como foi o ensaio?

Fui até o armário e vesti uma camiseta, ouvindo-o dissertar sobre as muitas maneiras nas quais o senhor Ashcroft parecia a reencarnação do demônio.

– Ele é pior que o senhor Petrova. – Puxei meu cabelo em um rabo de cavalo.

– Pior que Paul Petrova? – ele riu. – Não acredito em você. Vi o documentário daquele homem, já o vi fazer marmanjos chorarem.

– Bem, talvez anos atrás. Não me interprete mal, ele ainda é rude e arrogante, mas tem uma camada de suavidade que falta a Ashcroft.

– Vou acreditar na sua palavra... – Ele limpou a garganta. – Está muito cansada?

– Muito, não.

– Bem... Eu queria conversar com você esta noite porque precisava saber se gostaria de experimentar algo novo em nosso relacionamento.

– Claro. – Subi na cama. – O que seria?

– Sexo por telefone... – sua voz tornou-se mais profunda. – Já fez isso antes?

Segurei uma risada e tirei minha camiseta com rapidez, jogando-a no chão.

– Sim.

– Gostaria de fazer comigo? Tipo, agora?

– Sim. – Peguei meu vibrador de uma caixa e coloquei-o debaixo da coberta, feliz por não precisar mais pensar em Andrew para ter um orgasmo. – Sim, gostaria muito.

– Bom – disse ele. – Bem...

Silêncio.

– Bem, o quê? Você está aí, Brian?

– Desculpe, eu estava tirando meu short – ele hesitou. – Então, o que está vestindo?

– Nada... Estou nua.

– Você está nua, Aubrey? – ele soou como se não acreditasse em mim. – Tem certeza que já fez sexo por telefone antes? Esta é a parte em que você deveria dizer que está usando lingerie. Trabalhe comigo, por favor.

– Ok... Estou usando uma calcinha preta e um...

– Não, preto não. Não gosto de preto. Tente azul, azul-marinho.

– Ok, é uma calcinha azul-marinho e um sutiã azul.

– Sim, assim é melhor. Agora, tire a calcinha com uma mão.

Fiquei lá parada, incerta se deveria ligar meu vibrador ou não.

– Agora imagine que eu... – ele gemeu. – Imagine que eu estou te penetrando com meu pau... fundo, bem fundo, bem dentro de você, lá no fundo...

Suspirei.

– Está imaginando? – sua voz tornou-se rouca. – Preciso que imagine isso... e toque sua vagina.

– O quê?

– Sua vagina. Toque-a.

Levantei-me e coloquei um par de calças de pijama.

– Você está se tocando, querida?

– Ahhh, sim... – Puxei um suéter sobre a minha cabeça. – Estou tocando minha vagina...

– Você está pensando em mim lambendo suas dobras? Correndo minha língua ao longo da sua bunda?

– Brian, você, na verdade... – Balancei a cabeça. – Está cortando...

– Vou deixá-la louca com minha língua, baby. Depois, vou enfiar meu pau dentro de você de novo e de novo, sem parar, mesmo que você diga não... Você não pode dizer não...

Peguei uma folha de papel e a amassei, perto do telefone.

– Não consigo ouvir, Brian... O sinal aqui em meu quarto está ficando muito ruim... – Desliguei no meio de sua respiração ofegante e comecei a ver meus e-mails, lendo as mensagens antigas de Andrew, o único homem capaz de me fazer gozar apenas com palavras...

Odiando ou não, eu precisava relaxar e sabia que esse era o único jeito...

Suspensão (s. f.):

Adiamento de curta duração do procedimento jurídico ordenado pelo tribunal.

Andrew

– Senhor Hamilton? – A aeromoça tocou em meu ombro. – Todos os outros passageiros já saíram do avião, senhor. Obrigada por voar na primeira classe. Espero que aprecie Nova York.

– Vou tentar. – Levantei-me e peguei minha maleta no compartimento de bagagem.

Tentei evitar a viagem por semanas, mas foi em vão. No segundo em que reservei minha passagem, cancelei todas as consultas e reuniões, pedi uma extensão no meu caso atual e arrumei uma mala. Só uma.

Não seria necessário ficar na cidade por mais de um dia e me recusei até mesmo a testemunhar. Eu enviaria um testemunho escrito para o juiz e, em seguida, voltaria para Durham.

Enquanto caminhava pelo aeroporto, percebi que algumas coisas haviam mudado, mas não tanto quanto eu esperava. As pessoas ainda andavam em um ritmo alucinante, o ar ainda cheirava a fracasso e o principal jornal ainda era o *The New York Times*.

Coloquei alguns dólares na máquina de jornal e virei a alavanca para que ela pudesse soltar a minha cópia. Em seguida, abri no caderno onde poderia encontrar as seções dedicadas às notícias sobre justiça.

Então lá estava. Seção C. A história que cobria toda a página:

OUTRA AUDIÊNCIA NO CASO HART: HENDERSON TESTEMUNHA ESSA SEMANA

Folheei o artigo, um pouco impressionado ao perceber que o jornalista, desta vez, havia escrito fatos em vez de apenas manchar meu nome, como faziam antes.

Notei também que ainda não havia fotos minhas.

Imagens...

– Por aqui, senhor Hamilton! – Uma morena acenou quando desci a escada rolante. – Por aqui.

Fui até ela, que estendeu-me a mão.

– Meu nome é Rebecca Waters, advogada encarregada do caso.

– Sei quem você é. – Apertei-lhe a mão com firmeza. – Quanto tempo levamos para chegar ao gabinete do juiz?

– Gabinete do juiz? – Ela levantou a sobrancelha. – Tenho de levá-lo até o hotel para que possamos discutir seu testemunho... Você deverá ficar aqui por algumas semanas.

– Meu voo de volta sai em quinze horas.

Ela parecia chocada.

– Você quer simplesmente submeter um testemunho por escrito? Depois de todo esse tempo?

– Considero bastante impressionante que você consiga ouvir e compreender ao mesmo tempo. – Olhei para meu relógio. – Onde está o carro?

Ela resmungou e me conduziu pelo terminal movimentado. Passamos pelas portas e seguimos até o estacionamento de carros executivos. Ela estava tagarelando sobre a "importância" desse caso e sobre como isso iria, finalmente, fechar um capítulo em minha vida, mas eu não estava ouvindo.

Minha mente estava literalmente contando os segundos que faltavam para ir embora daquele lugar.

– Bom dia, senhor. – O motorista pegou minha bagagem quando nos aproximamos do carro. – Espero que aprecie sua estadia em Nova York.

Sacudi a cabeça e entrei no carro, sentando-me no banco detrás. Rebecca sentou-se ao meu lado. Revirei os olhos.

– Você poderia pelo menos ficar por uma noite e pensar nisso, Liam?

– Do que acabou de me chamar?

– Sinto muito – ela disse. – Andrew... Quero dizer, senhor Hamilton. Poderia pelo menos pensar a respeito?

– Já pensei.

– Tudo bem. – Ela pegou o telefone e eu olhei para fora da janela enquanto o carro deslizava pela cidade.

Estremeci quando passamos pelo *outdoor* no qual minha antiga firma, certa vez, havia feito propaganda. E fechei os olhos quando passamos pela loja de brinquedos favorita de Emma.

– Senhor Hamilton... – Rebecca cutucou meu ombro. – Sendo o senhor um advogado, tenho certeza de que sabe como um testemunho verbal pode ser mais impactante do que um testemunho escrito. Estou implorando para que reconsidere.

– E eu estou implorando para que você supere o fato de eu já ter tomado a minha decisão. – Fixei meus olhos diretamente nos dela. – Ele e Ava arruinaram minha vida, e eu não tenho nada a ganhar ao sentar em uma sala de tribunal cheia de estranhos para explicar como isso aconteceu. Você quer um testemunho dramático? Então contrate a porra de um estudante de teatro para ler minhas palavras para o júri.

– As coisas mudaram. Não é mais como era seis anos atrás.

– É por isso que o *The New York Times* ainda não publicou uma foto minha?

– Eles não vão publicar sua foto porque pensam que você é um idiota – ela retrucou. – Além do mais, você ganhou um enorme e caro caso contra eles anos atrás ou será que, de repente, esqueceu-se disso? Tome como um elogio o fato de eles estarem ao menos mencionando sua pessoa de maneira positiva. – Ela jogou o jornal do dia anterior no meu colo. – Eles até publicaram este artigo. Parece bastante bom para mim.

Peguei o jornal e o o aproximei do rosto para poder ler. Mas antes de focar no artigo, duas palavras atraíram meu olhar: Aubrey Everhart.

O nome dela estava na parte inferior da página, misturado com vários outros, em um belo anúncio preto.

A COMPANHIA DE BALÉ DE NOVA YORK CELEBRARÁ OS NOVOS INTEGRANTES DE ELENCO COM UM BAILE DE GALA SÁBADO À NOITE.

Amanhã...

– Eu só... – Rebecca ainda estava falando. – Eu só acho que você deveria, pelo menos, ficar por uma noite, descansar, e realmente refletir a respeito.

– Vou ficar até amanhã.

– Mesmo? – Seus olhos se iluminaram.

– Sim. – Olhei para o nome de Aubrey novamente. – *Mesmo.*

Assediar (v.):

Incômodo indesejado sistemático e contínuo
que, com frequência, inclui ameaças
e reivindicações.

Andrew

Na noite seguinte, a promotora apertou minha mão enquanto tomávamos um café. Ela piscava seus brilhantes olhos castanhos.

– Muito obrigada por ter concordado em ficar algumas semanas, Andrew – ela disse. – Vai ser de grande ajuda para o caso.

– Tenho certeza disso... – Levantei-me e fui até a janela, vislumbrando a neve que cobria as ruas abaixo.

– Seu antigo sócio definitivamente contratou os melhores advogados que o dinheiro pode comprar, pagou multas e sofreu penalidades ao longo dos anos, mas acho que conseguiremos, finalmente, mandá-lo para a prisão com a nova evidência que temos. Isto e o seu testemunho, é claro.

Eu não disse nada. Ela continuou:

– Não sei o que pensaria sobre isso, mas... – Ela interrompeu a frase e, segundos depois, apareceu ao meu lado.

– Gostaria de se atualizar sobre tudo o que perdemos desde que você partiu?

– Como?

Ela esfregou meu ombro.

– Você foi embora de Nova York e nunca olhou para trás. Não ligou para ninguém, não manteve contato... Éramos tão bons amigos e você...

– Ok – interrompi a frase, e peguei na mão dela, afastando-a. – Em primeiro lugar, não, não quero me atualizar sobre merda nenhuma. Não dou a mínima para o que perdi. – Encarei-a de cima a baixo. – Mas, pelo que parece, não foi muito. Em segundo lugar, sim, éramos amigos. No passado. Você não se importou em ligar ou manter contato comigo na época em que todos nesta cidade arrastavam meu nome pela lama, não é mesmo? – As bochechas dela coraram. – Sequer ligou para me perguntar se os rumores eram verdade, porra. – Apontei para a porta. – Então, por favor, não pense que, só porque concordei em ajudar a colocar um idiota no lugar onde ele deveria estar, você e eu somos, ou um dia seremos, amigos.

– Sinto muito...

– Esse pedido está seis anos atrasado. – Virei-me. – Estarei no tribunal quando precisarem de mim. Agora, vá embora.

Esperei até ouvir a porta se fechando e liguei para o motorista.

– A que horas preciso sair daqui para estar presente no início da noite de gala?

– Agora, senhor.

Desliguei e vesti meu casaco. Peguei o elevador privado da cobertura até o saguão e apressei o passo até cruzar as portas de saída do hotel. Avistei o carro do outro lado da rua e fui até lá.

– Devemos estar lá em trinta minutos, senhor Hamilton. – Ele olhou para mim através do espelho retrovisor. – O senhor vai encontrar alguém especial no evento desta noite?

– Não – respondi. – Por que a pergunta?

– Porque, se fosse, eu iria sugerir que parássemos na floricultura que fica a três quarteirões daqui.

– Podemos parar. – Olhei para fora da janela enquanto ele saía com o carro.

Pensei em contar a Aubrey que eu estava na cidade, ou desejar "boa sorte" em sua performance de hoje à noite, mas achei que não teria sentido. Além disso, na noite anterior, em um momento de fraqueza, enviei-lhe um e-mail vago e sua resposta curta não encorajou conversas futuras.

Assunto: Felicidade

Você está feliz com sua atual vida longe da GB&H? Está finalmente perseguindo seus sonhos no balé?

Andrew

```
Assunto: Re: Felicidade
Por favor, pare de me enviar e-mails e
apague meu número.
Obrigada.
Aubrey
```

– Senhor Hamilton? – O motorista segurou a porta aberta. – Chegamos... Pretende sair do carro?

– Obrigado. – Peguei o buquê de rosas e lírios no banco e lhe dei uma gorjeta, pedindo que ele ficasse por perto, pois talvez eu trouxesse alguém comigo na volta.

A fila para entrar no teatro estava dando a volta no quarteirão, mas ignorei todos e fui direto para a porta da frente.

– Desculpe-me, senhor? – Um porteiro imediatamente entrou em minha frente. – Há uma fila do lado de fora por uma razão.

– Não gosto de esperar.

– Ninguém gosta, senhor – ele disse, cruzando os braços. – Mas é política da gala, a não ser que o senhor já tenha um ingresso. O senhor tem um ingresso?

– Gosto muito menos de ingressos.

Ele tirou um rádio do cinto.

– Senhor, por favor, não me faça chamar a segurança. O senhor tem de comprar um ingresso, assim como todo mundo, e tem de ficar na fila. Como todo mundo. Agora, vou gentilmente pedir-lhe que...

Ele parou no meio da frase, quando entreguei-lhe um clipe de notas de cem dólares.

– Disse que seu ingresso é na primeira fila, senhor?

– Sim, é exatamente isso o que meu ingresso diz.

Ele sorriu e levou-me até o fundo do corredor que cortava uma sala colossal, com janelas do chão ao teto, lustres cintilantes e pisos de mármore polidos recentemente. Centenas de mesas estavam cobertas com toalhas brancas, decoradas de modo extravagante com ornamentos em ouro e prata e as iniciais da empresa gravadas nos cardápios e na programação.

Não havia um palco formal nessa sala, apenas uma plataforma ligeiramente elevada no centro, com perfeita vista para todas as mesas.

– Este assento está bom, senhor? – O lanterninha acenou com a mão para um assento que estava na frente da plataforma.

– Sim, obrigado.

– O jantar será servido em cerca de uma hora e os patrocinadores da Companhia de Balé da Cidade de Nova York serão homenageados logo em seguida. Depois, o espetáculo de dança do evento começará.

Agradeci-lhe novamente enquanto tomava meu lugar. Se eu soubesse a ordem exata do evento com antecedência, teria aparecido bem mais tarde.

Peguei o folder do programa que estava na minha frente e folheei as páginas. Parei quando vi o rosto de Aubrey.

A fotografia fora tirada no meio de uma doce risada, enquanto ela jogava os cabelos sobre o ombro e olhava diretamente para a câmera. De acordo com a imagem, seus cabelos estavam bem mais curtos, mal tocavam os ombros, e seus olhos pareciam mais esperançosos e felizes do que eu já tinha visto.

Encarei a imagem longamente e com muito cuidado, observando todas as suas mudanças.

As luzes da sala piscaram e um aplauso suave surgiu quando uma mulher vestida de branco pisou na plataforma.

– Vamos começar agora – ela disse. – Obrigada, senhoras e senhores, por participarem da Noite de Gala Anual da Companhia de Balé da Cidade de Nova York. É com grande honra e orgulho que apresentamos os artistas desta noite, especialmente os bailarinos, os solistas e os membros do corpo de baile. Como sabem, em razão de algumas infelizes circunstâncias, tivemos de substituir quase noventa por cento de nosso grupo nos últimos meses, mas, como sempre, o show deve continuar. E, sinceramente, acredito que essa é melhor equipe que já tivemos nos últimos tempos.

O público aplaudiu. Ela prosseguiu:

– Nossa companhia apresentará várias produções esse ano, mas as que serão apresentadas nesse inverno são: *O Pássaro de Fogo*, *Joias*, e o nosso favorito, *O Lago dos Cisnes*.

Mais aplausos.

– Hoje à noite, nosso corpo irá se apresentar pessoalmente e realizar pequenas homenagens como forma de agradecimento por seu contínuo apoio às artes. E, como sempre, quando se trata da arte da dança, por favor, não aplaudam até que a última nota tenha sido tocada. Obrigada.

Ela foi embora e as luzes se transformaram de um branco absoluto para um azul arejado até se dissolverem em tons fortes de roxo e rosa.

Um por um, os dançarinos apareceram, recitando um rápido monólogo e dançando uma curta peça ao piano. Embora a maioria dos dançarinos fosse interessante, alguns me fizeram questionar se haviam simplesmente acordado pela manhã e decidido tentar dançar balé pela primeira vez.

Era possível ouvir alguns murmúrios dos convidados: "Eles têm certeza de que este é o melhor grupo?", "Talvez devessem ter cancelado a temporada depois do acidente...", "Felizmente, vão ensaiar ininterruptamente até a temporada realmente começar...".

Um homem ao meu lado estava cochichando sobre como sentia falta dos "bons e velhos tempos da companhia" quando Aubrey pisou na plataforma.

Ela estava vestindo um top preto fino e um *tutu* cor-de-rosa. Seus lábios estavam tingidos de um profundo vermelho-escuro.

– Boa noite, cidade de Nova York – ela disse. – Meu nome é Aubrey Everhart e...

Ela disse algo mais, que impeliu o público a aplaudir com veemência, mas só consegui me concentrar em como ela estava linda. Nunca admiti isso para ninguém, mas havia mantido a foto emoldurada de nós dois em minha cabeceira desde que ela partira. E, quando o dia tinha sido ruim, à noite eu me perdia olhando incansavelmente para seu lindo rosto.

Naquela noite, porém, ela não estava apenas bonita – ela era uma visão incrível.

Sua boca parou de se mover em meio a mais uma rodada de aplausos da plateia e os sons suaves de piano e harpa preencheram lentamente a sala.

Aubrey fechou os olhos e começou sua apresentação, dançando como se fosse a única pessoa na sala.

Houve uma mudança imediata na atmosfera do evento. Todos a observavam completamente envolvidos, cativados, inebriados por cada movimento.

De repente, um dançarino juntou-se a ela, levantando-a e segurando-a bem acima da cabeça. Ele a começou a girá-la quando a música teve seu ritmo acelerado. Depois que a colocou no chão, os dois completaram alguns passos juntos, sorrindo um para o outro e trocando olhares que deixavam claro que se conheciam bem demais.

Assim que a música acabou, o dançarino puxou-a em seus braços e beijou-lhe os lábios.

Que porra é essa?!

A multidão ficou de pé e aplaudiu, pela primeira vez em toda a noite. Eu permaneci sentado, completamente surpreendido pela porra do inferno que eu acabara de presenciar.

– Talvez eu não precise cancelar meus ingressos para a temporada afinal de contas, não é mesmo? – o homem ao meu lado falou. – Bravo!

Estreitei meus olhos para Aubrey e seu parceiro, fervendo de raiva, quando ele passou um braço em volta da cintura dela, dedilhando-lhe a pele macia. Ele sussurrou algo em seu ouvido e ela corou, fazendo minha pressão arterial subir para a mais alta de todos os tempos.

– Bem, que resposta! – A diretora retornou à plataforma. – Obrigada, senhorita Everhart e senhor Williams. Quero informar a todos que esses dois serão a atração principal da Noite de Gala Lua de Prata, que acontecerá no próximo mês... – Ela continuou falando, revelando detalhes sobre o programa, mas suas palavras eram mudas para mim.

Eu estava confuso com o que tinha acabado de ver, incerto se a boca de Aubrey tinha realmente estado contra a de mais alguém.

Mais dançarinos subiram à plataforma, mais aplausos, mais discursos, e meus pensamentos permaneceram os mesmos. Só percebi que a apresentação da noite havia acabado quando os benfeitores tomaram a plataforma.

– O senhor está interessado em fazer uma doação para a Companhia? – Uma bailarina, ainda vestida com o traje branco da performance, deu um passo na minha frente. – Gostaria de fazer uma contribuição?

– Minha contribuição foi o ingresso que comprei hoje à noite – Levantei-me, deixando o buquê de flores para trás, e comecei a procurar Aubrey.

Não demorei muito para encontrá-la.

Usando um vestido prateado bastante revelador, ela estava em um canto, rindo, com seu amigo dançarino enquanto ele lhe entregava uma bebida.

– Desculpe-me, senhor? – Alguém cutucou meu ombro.

– Sim? – Mantive meus olhos em Aubrey.

– Hum, se pretende ficar para a segunda parte do evento, precisa fazer uma doação... É parte das regras. Está escrito em negrito, então...

– Aqui. – Entreguei-lhe algumas notas que tinha na carteira e ela desapareceu.

O amigo de Aubrey beijou sua testa e se afastou, dando-me uma oportunidade perfeita para me aproximar, mas ela foi cercada por um grupo de outras bailarinas.

Amigas, ao que parecia.

Esperei a conversa terminar, até ela dizer que se juntaria a elas mais tarde, e então abordei-a.

Quando ela se virou, coloquei a mão em seu ombro, sentindo um solavanco percorrer minhas veias.

– Boa noite, Aubrey...

Ela derrubou a taça no chão e lentamente se virou.

– Andrew? – disse, dando um passo para trás. – O que está fazendo aqui?

– Isso importa?

Ela não respondeu.

Não dissemos mais nada e a familiar tensão que sempre existiu entre nós passou a aumentar mais e mais a cada segundo que se arrastava.

Ela parecia ainda mais linda de perto e eu queria empurrá-la contra a parede e beijá-la, mas me contive.

– Posso falar com você? – perguntei.

Ela me olhou de cima a baixo.

– Aubrey... – Olhei em seus olhos. – Posso falar com você?

– Não.

– Como é que é? – Levantei as sobrancelhas.

– Eu disse "não". – Ela cruzou os braços. – Como em "não, você não pode falar comigo". E pode voltar para o quinto dos infernos de onde saiu. – Ela caminhou, afastando-se, e dirigiu-se à pista de dança.

Suspirei e fui atrás dela. Apertei-lhe a mão e a fiz se virar.

– Só vai levar cinco minutos.

– Isso é cinco minutos a mais do que estou disposta a lhe dar.

– É importante.

– Você está morrendo? – Seu rosto ruborizou. – É um assunto de vida ou morte?

– Realmente tem de ser? – Minha mão acariciou sua bochecha, silenciando-a temporariamente. – Você está linda pra caralho essa noite...

– Obrigada. Meu namorado pensa o mesmo.

– Seu *namorado?*

– Sim. Sabe, aquela pessoa que não trata a outra como merda simplesmente porque ela gosta de você e é correspondida. Conceito interessante, não é mesmo?

Não tive a chance de responder. A orquestra tocou uma nota alta repentina que reverberou pela sala e uma voz veio dos alto-falantes.

– Senhoras e senhores – disse a voz. – A orquestra Benjamin Wright tocará agora a sua versão de uma das obras mais reverenciadas de Tchaikovsky. O tempo dessa música tem um passo similar ao que alguns de vocês podem conhecer como a valsa. Por favor, juntem-se a nós na pista para essa clássica homenagem...

Peguei a mão de Aubrey e a entrelacei com a minha, apoiando minha mão livre ao redor de sua cintura.

– O que está fazendo? – ela sibilou, tentando se afastar. – Não vou dançar com você.

Apertei-a mais forte.

– Vai sim.

– Por favor, não me faça gritar, Andrew...

– O que te faz pensar que eu não iria adorar ouvir seus gritos?

Ela tentou se mover para longe de mim, mas a segurei ainda mais forte.

– Cinco minutos – eu disse.

– Três – ela retrucou.

– Tudo bem. – Afrouxei meu aperto e a balancei pela música. – Está ciente de que seu namorado é uma *bailarina homem*?

– O termo correto – ela disse, rolando os olhos – é *danseur*.

– Ele é uma porra de uma bailarina... – Inclinei-a até o chão. – É isso o que você vem fazendo nos últimos meses?

– Vivendo meu sonho sem um certo idiota por perto?

– Eu esperava mais de você, já que resolveu se relacionar com outra pessoa.

– Eu não dou a mínima para o que você espera de mim – ela retrucou. – Ele é tudo o que você nunca vai ser...

– Por que a beija em público?

– É mais do que isso... Mas eu nunca terminaria a lista de coisas nas quais ele ganha de você...

– Ele te faz gozar?

– Ele não me faz chorar.

Silêncio.

Senti que ela estava querendo se afastar de mim, então, segurei-a mais firme.

– Está trepando com ele?

– Por que se importa?

– Não me importo. Só quero saber.

– Não conversamos há meses e você pensa que tem o direito de saber com quem estou dormindo?

– Eu não necessariamente usaria o termo "direito".

– Não. – Ela pressionou o peito contra o meu. – Não, eu não estou trepando com ele. Mas quer saber? Vou trepar em breve.

– Não tem nenhuma razão para fazer isso se estou aqui.

Ela caiu na gargalhada e deu um passo para trás.

– Acha mesmo que eu dormiria com você? Sério?

– Aubrey...

– Você realmente pensa que sou tão estúpida assim? – ela me cortou. – Não quero nada com você, Andrew. Você não passa de uma inspiração para um orgasmo, uma boa imagem para uma siririca, e pode até ser que sinta a sua falta, mas...

– Sente a minha falta?

– Sinto falta da ideia de você, do que você *poderia* ter sido.

– Não podemos ser amigos?

– Não podemos ser nada. – Os lábios dela estavam próximos dos meus, próximos demais.

– Por que acho difícil acreditar nisso?

– Não deveria. – Ela olhou para mim. – Eu teria de aceitá-lo de volta em minha vida.

– Então me aceite.

– Ah, por favor... – ela zombou, parecendo estar com mais raiva do que eu já a tinha visto demonstrar em qualquer outra situação. – Você teria de me implorar para aceitá-lo de volta, Andrew. *Implorar...*

– Hey, Aubs – o tal namorado bailarina nos interrompeu. – Está tudo bem?

– Sim. – Ela aproveitou para se afastar de mim e beijar-lhe o rosto. – Tudo está mais do que bem.

– Quem é seu amigo?

– Ninguém – ela disse. – Só um cara que fez uma doação.

– Obrigado pela doação – Ele apertou minha mão de modo frouxo e se virou para Aubrey. – Está pronta para ir para casa?

– Mais do que pronta.

Aubrey pegou a mão dele e os dois se afastaram. Ela sequer olhou para trás.

◆◆◆

Eu estava na sacada do meu quarto no hotel, completamente confuso sobre o que tinha acontecido há algumas horas. Esperava que Aubrey fosse sair comigo, que me acompanhasse até aqui para fodermos.

Incapaz de parar de pensar nisso, enviei-lhe um e-mail.

Assunto: Seu endereço

Precisamos terminar nossa conversa. Diga-me onde mora para que eu possa passar aí e conversar.
Andrew

Assunto: Re: Seu endereço

Duvido que você só queira conversar. Você só quer me comer.

No entanto, tenho certeza de que Brian não iria apreciar se você aparecesse aqui hoje à noite.
Aubrey

Assunto: Re: Re: Seu endereço
Ele é mais do que bem-vindo para assistir. Talvez, na verdade, possa até aprender alguma coisa.
Andrew

Não houve resposta.

Ela não respondeu por um longo tempo e, quando finalmente respondeu, tudo que me enviou foi uma mensagem de texto:

Deixe-me em paz, Andrew. Por favor.

Mas eu não podia. Enviei-lhe outro e-mail.

Assunto: Patrocinador

Comprei um ingresso ouro para a temporada. Um dos ingressos VIP é ganhar um passeio com um membro do elenco de minha escolha. Definitivamente, vai ser você.
Andrew

Assunto: Re: Patrocinador

Obrigada pela informação inútil. Se realmente me escolher, não vamos estar sozinhos, e vou garantir que nosso passeio termine no tempo exato estipulado. Agora, por favor, me deixe em paz. Estou com alguém que admira meu cérebro mais do que minha boceta.

Você teve sua chance e estragou tudo, não tenho certeza sobre o motivo de estar em Nova York agora, mas realmente não me importo.

Sinceramente, não quero saber mais de você... Por favor, vá embora.

Aubrey

Suspirei e pesquisei em meus contatos. Eu sabia que Aubrey estava apenas se fazendo de difícil e não ia permitir que ela tivesse a última palavra. Pressionei "ligar" em um número antigo e segurei o telefone no ouvido.

– Quem é? – A antiga voz disse do outro lado da linha.

– Preciso de um endereço.

– Quem é?

– Eu preciso de um endereço. Agora.

– Liam? – Havia um sorriso em sua voz. – É você?

– É Andrew. – Revirei os olhos. – Vai me ajudar ou não?

– Bem, como você pediu tão gentilmente... – Havia um familiar barulho no fundo. – Sabe, não sei de você desde a última vez que vi... – Ele parou e limpou a garganta. – Qual o nome?

– Aubrey Everhart.

– Sabe qual é o bairro?

– Não – respondi. – Mas o endereço não tem mais do que alguns meses. Ela se mudou recentemente para cá.

Ele ficou em silêncio por algum tempo, digitando e apertando botões.

– Encontrei – informou. – 7654. Fifth Avenue.

Cinco quarteirões daqui...

Cogitei se eu deveria esperar até a manhã seguinte para passar por lá, mas já estava vestindo meu casaco.

– Foi bom falar com você novamente, Liam... – A voz do velho homem me trouxe de volta para o presente. – Bom saber que você está bem e... superando o que aconteceu.

– Eu nunca vou superar.

Desliguei o telefone e fui até o carro, sinalizando para o motorista abrir a porta detrás.

– Para onde, senhor Hamilton? – ele perguntou.

– 7654. Fifth Avenue.

– É para já.

Levou menos de vinte minutos para chegar lá e, quando paramos, encarei o triplex por um tempo. Parecia algo que eu teria comprado anos atrás, quando vivia aqui, algo muito fora do orçamento de uma bailarina, então me dei conta de que seus pais estavam pagando o aluguel.

Saí do carro, ajustei o casaco e caminhei até a porta. Bati cinco vezes.

– Já vai! – ela gritou.

A porta se abriu, mas Aubrey não estava atrás dela. Era o seu namorado.

– Humm... – Ele parecia confuso. – Você deixou a pizza no carro ou algo assim?

– Eu não sou a porra do entregador de pizza. Onde está Aubrey?

– Depende. Nós não acabamos de vê-lo no baile de gala? – Ele cruzou os braços quando Aubrey apareceu na porta. – Quem é você?

– Ele não é ninguém, de novo – ela disse, ficando na ponta dos pés e beijando o namorado nos lábios.

Ele olhou para mim com as sobrancelhas levantadas e devolveu o beijo.

– Meu pau já esteve em cada centímetro da boca dela – cerrei os dentes.

Aubrey engasgou e seu rosto ficou vermelho brilhante.

– Sinto muito, Brian... Você pode nos dar licença um momento, por favor?

Ele olhou para nós dois. A raiva era visível em seu rosto, mas se afastou.

– Que porra você quer, Andrew? – ela esbravejou. – O quê?

– Conversar.

– Sobre o quê?

– Você e eu. Sobre sermos amigos novamente...

– Essa merda nunca vai acontecer. É só isso?

– Aubrey...

– O que lhe traz a Nova York, hein? Você precisou voltar aqui para foder alguma conhecida do aplicativo de encontros? Durham por acaso não tem mais bocetas?

– Na verdade, está parecendo que não tem mesmo.

Ela começou a fechar a porta, mas eu a impedi, segurando com firmeza.

– Sinto sua falta, Aubrey... – Olhei diretamente em seus olhos. – Eu realmente sinto... E eu... sinto muito por ter lhe chutado para fora de casa naquela noite.

– Deveria sentir mesmo – a voz dela era apenas um suspiro. – E se realmente sente minha falta, me deixe em paz.

– Por que eu faria isso?

– Porque você é bipolar. Porque no segundo em que eu fizer muitas perguntas, ou sugerir alguma coisa que esteja fora da sua zona de conforto, você vai me tratar como lixo novamente. E eu prefiro me poupar. – Ela limpou uma lágrima dos olhos. – Eu era sua única amiga, sua única amiga, porra, e você me tratou pior do que qualquer uma das mulheres que conheceu on-line. Na verdade, sinto muito que eu alguma vez tenha deixado você fazer isso. Por favor, vá embora.

– Aubrey, escute...

– Tem algum tipo de porra de supercola no meu chão? – Ela me empurrou um degrau para baixo. – É por isso que você ainda está parado aí?

– Por favor, só...

– Quem mente sobre uma coisa, mente sobre tudo, certo? – Ela me empurrou novamente. – Você ainda é o maior mentiroso de nós dois. Mentir por omissão ainda é mentira.

– Você pode, por favor, se acalmar e me deixar explicar tudo aí dentro?

– Pensei que você odiasse perguntas retóricas.

E então ela bateu a porta na minha cara.

Presunção prévia (s. f.):

Uma presunção que é verdadeira sem haver a necessidade de provas adicionais.

Aubrey

Acordei na manhã seguinte no limite, absolutamente em choque.

Eu não podia acreditar que Andrew estava em Nova York, nem que ele tinha admitido sentir minha falta na minha porta, na minha cara, na noite passada.

Vê-lo novamente trouxe todas as emoções de volta e, muito embora eu tenha dito a Brian que Andrew e eu éramos coisa do passado, passei o resto da noite pensando nele.

Nele em seu terno perfeito. Nele e em seus lábios perfeitos que quase tocaram os meus enquanto discutíamos. E, vergonhosamente, nele e no seu perfeito pau que eu senti endurecendo sob sua calça conforme ele me conduzia na pista de dança.

Ahhhh!

Saí da cama e enviei uma mensagem a Brian:

Hoje é minha aula particular com Ashcroft... deseje-me sorte!

Sua resposta veio imediatamente:

Boa sorte, baby! Coma alguma coisa, você vai precisar...

Enquanto corria para o banho, repreendi a mim mesma. *Brian é um amor e ele é bom para você... Ele pode ser uma droga no sexo por telefone e você pode não ter nenhuma vontade de dormir com ele agora, mas ele a trata melhor do que você já foi tratada antes...*

Quando estava enrugada como uma ameixa, saí e olhei a hora.

4h30 da manhã.

Eu tinha vinte minutos para chegar à estação do metrô mais próxima e evitar a ira de Ashcroft. Vesti uma calça de moletom velha, agarrei minha bolsa de balé e apanhei o casaco no corrimão do corredor. Chequei duas vezes minha carteira para ter certeza de que estava com meu passe do metrô e, quando abri a porta, dei de cara com um estranho e um copo de café quente.

– Boa sorte no ensaio hoje – ele disse, entregando-me o café. – Foi feito especialmente pra você.

– Desde quando as cafeterias têm delivery?

Ele encolheu os ombros.

– Elas não têm.

Olhei para o copo enquanto ele se afastava, percebendo que meu nome estava gravado em cima do chantilly em caramelo fino e que “boa sorte” estava escrito na etiqueta.

Era uma doce marca de Brian, e eu imediatamente me senti culpada por não ter concedido a ele toda a minha atenção na noite passada. Enquanto eu caminhava para o metrô e tomava o que era, sem dúvida, o melhor café que já tomara, jurei dar a ele minha total atenção a partir de agora.

Apaguei todas as antigas mensagens e e-mails de Andrew, mesmo as que fingi ter deletado antes mas que, na verdade, tinha guardado no arquivo. Bloqueei seu número para que as ligações nunca fossem completadas e, embora eu não pudesse bloquear seus e-mails, mudei a configuração da minha caixa de entrada de modo que eles fossem diretamente para a pasta de spam.

Naquela manhã, quando finalmente cheguei ao ensaio, dancei melhor do que jamais havia dançado antes.

◆◆◆

Mais tarde, naquela noite...

– Como consegue arrumar tempo para pegar o metrô só para me encontrar no ensaio e voltar caminhando comigo para casa? – Olhei para Brian enquanto atravessávamos a rua. – Onde arruma energia?

– Arrumo tempo para todas as coisas de que realmente gosto. – Ele beijou minha testa.

– Quer pegar um cinema esse fim de semana? Por minha conta? Eu te devo uma...

– Por que diz isso?

– Ainda me sinto mal pela noite de gala e pelo que aquele cara do meu passado disse para você – eu disse. – Eu realmente sinto muito.

– Não se preocupe. Tenho certeza que ele... – Ele parou de falar conforme nos aproximávamos da minha casa e apontou para o homem que estava inclinado contra a porta.

Andrew.

Respirei fundo enquanto ele descia os degraus.

– Boa noite, Aubrey – ele disse com um sorriso provocante. – E seu nome é *danseur*, correto?

– É *Brian*.

– Parecido.

Brian cruzou os braços.

– Eu poderia jurar que a ouvi dizer que não quer mais nada com você. Por que não consegue entender?

– Porque ela fala coisas que não quer dizer o tempo todo. – O olhar que ele me lançou ateou fogo de modo instantâneo em meus nervos e em meu clitóris. – E sei que ela está apenas zangada comigo.

– Cara! – Brian soltou um suspiro exasperado. – Eu sou o namorado dela, então claramente ela seguiu em frente... Ela tem um namorado.

– Sinceramente, não me sinto ameaçado – ele disse ainda olhando para mim. – Você recebeu o café que lhe mandei esta manhã?

O quê?!

– Aquilo era seu? – Meus olhos arregalaram. – Eu pensei...

– Que café, Aubs? – Brian olhou preocupado. – Do que ele está falando?

– Andrew... – Balancei a cabeça. – Muito obrigada pelo café, mas isso não muda nada...

– Eu nunca disse que mudaria.

Um vento frio passou e me senti sendo levada para ele, literalmente levada, e dei alguns passos para a frente, mas depois dei outros passos para trás.

– Estou com Brian agora... – Agarrei a mão de Brian e o conduzi até a porta, recusando-me a olhar para trás e ver o aparentemente ferido Andrew.

Fechei a porta e espreitei através das cortinas, observando que ele continuava parado ali. Confuso.

– Olha, Aubs... – o som da voz do Brian chamou minha atenção. – Não acho que vai funcionar. Nós.

– O quê? Não, não, não. É claro que vai funcionar. Isso é só um... probleminha.

– Eu acho que seu coração e sua mente estão em outro lugar... Acho que sempre estiveram, na verdade.

– Sério? – Cruzei os braços. – Só porque algum psicopata do meu passado aparece por uma noite e de repente me quer de novo? É por isso que pensa assim?

– Por isso e pelo fato de que algum psicopata me mandou uma mensagem mais cedo hoje dizendo "A boceta dela é minha". Só agora estou me lembrando disso...

Suspirei e ele se aproximou, beijando minha testa.

– Se isso for só um probleminha e ele não significar mais nada pra você, podemos tentar novamente daqui a um mês.

– Um mês?

Ele assentiu.

– Assim, vou ter certeza, e nosso sexo por telefone será duas vezes mais incrível já que não teremos feito há muito tempo... Então, talvez, possamos passar para o real.

Eu não respondi e ele saiu da minha casa.

Espiei através das cortinas de novo e o vi desaparecer na noite. Então percebi que Andrew ainda estava parado lá fora.

Lívida, desci os degraus e fui direto em sua direção.

– Tem alguma ideia do quanto te odeio agora?

– O ódio não é algo que possa ser medido adequadamente.

– Você acabou de arruinar o melhor relacionamento que já tive nessa cidade. Acabou de fazer Brian me largar.

– Bom – ele disse. – Então, eu te fiz um favor.

– É assim que você está pensando em conseguir se reaproximar de mim?

– Em parte, sim.

– Não vai funcionar. – Pressionei o dedo contra o peito dele, enfatizando cada sílaba. – Já disse que você teria de me implorar, caralho! E como sei que não é assim que você funciona...

– Você não sabe como eu funciono, caralho!

– Você vai me acompanhar até a estação do metrô todas as manhãs?

– Eu tenho uma porra de um carro.

– Vai voltar comigo dos ensaios?

– Resposta anterior.

– Vai me tratar, de verdade, com algum maldito respeito?

Ele segurou meu rosto com as mãos.

– Se me der a porra de uma chance...

Dei um passo para trás, ainda indignada.

– Não tenho muita certeza disso.

Omissão (s. f.):

DEIXAR DE FORA, INADVERTIDAMENTE, UMA PALAVRA, FRASE OU EXPRESSÃO DE UM CONTRATO, ACORDO, JULGAMENTO OU OUTRO DOCUMENTO.

Aubrey

Assunto: Caso Brian

Não sei quantas vezes mais vou ter que pedir desculpas por fazer seu "namorado" te dispensar, mas estou, de fato, arrependido. Então, novamente, talvez eu devesse ter esperado até depois de você ter trepado com ele. Assim, poderia estar mais agradecida.
Andrew

Ahhh!

Atirei o telefone pelo quarto, quase derrubando o belo vaso de lírios que Andrew havia me mandado no dia anterior.

Desde o "Caso Brian" na semana passada, tive de encará-lo todos os dias, de alguma forma. Pelas manhãs, ele pessoalmente trazia meu café favorito, acompanhava-me até a quadra onde ficava a estação de metrô e se desculpava com profusão. Do seu próprio jeito, é claro.

Eu, no entanto, nunca dizia sequer uma palavra. Só bebia meu café e escutava.

Sentei-me no sofá, peguei um pacote de gelo e coloquei nos ombros. Eu estava contando os dias para a noite de abertura, imaginando quanto mais de dor meu corpo aguentaria.

Meus pés agora estavam irreconhecíveis; eu já não cuidava tanto dos cortes e das bolhas. Os músculos dos meus braços doíam implacavelmente e ontem, quando informei ao senhor Ashcroft que precisaria de mais alguns minutos para alongar a perna direita, ele replicou: "Então preciso substituí-la por uma dançarina que não precise desse tempo."

Estremeci diante daquela simples lembrança. No entanto, ouvi naquele momento uma batida na porta.

– Já vai! – Mal abri a porta e já fiquei tentada a fechá-la novamente.

Andrew.

– Sim? – perguntei.

– O ensaio começa em uma hora, você vai chegar atrasada.

– Só devo ir para a sessão da tarde, obrigada pelo lembrete.

– Posso entrar, então?

– Não.

– Por que não?

– Realmente preciso de uma razão?

– Só quero falar com você por uns minutos, Aubrey.

– Nós podemos fazer isso por telefone.

– Você bloqueou a porra do meu número. – Ele estreitou os olhos. – Já tentei isso hoje. Duas vezes.

– Tentou o e-mail?

– Aubrey, por favor... – Ele, na verdade, parecia sincero.

– Tudo bem. – Segurei a porta aberta. – Mas você tem de ir embora em cinco minutos pra que eu possa tirar um cochilo.

Ele entrou e analisou ao redor, correndo as mãos sobre as obras de arte no hall.

Parecendo ligeiramente impressionado, esfregou o queixo:

– Seus pais estão pagando por isso?

– Não, não falo com eles desde que parti – admiti. – Uma bailarina aposentada da companhia aluga seus apartamentos para os novatos do grupo.

– É caro?

– De forma alguma. – Sentei-me no sofá. – É o único jeito de eu viver nessa parte da cidade. Caso contrário, estaria dormindo numa caixa de papelão no parque.

Ele olhou para mim por um tempo, sem pronunciar uma palavra.

– O que foi? – perguntei.

– Nada. Já faz um tempo que você não fala uma frase completa que não esteja repleta de sarcasmo.

– Não se acostume com isso. – Estremeci e coloquei outro pacote de gelo nos ombros. – Só estou tentando fazer seus cinco minutos um pouco memoráveis.

– Eles serão.

Silêncio.

Ele se aproximou e sentou-se ao meu lado no sofá.

– Você tirou um "A" em seu trabalho final na GB&H.

– Você me deu essa nota por simpatia?

– Dei-lhe essa nota porque seu trabalho foi o melhor. – Ele fixou o olhar dentro dos meus olhos. – Embora eu pudesse ter ficado sem o comentário "Obs.: O senhor Hamilton costumava me foder em sua sala" que estava no final.

Segurei uma risada.

– A propósito, Jessica sente sua falta.

– Sério?

– Ela afirma que eu era muito mais desejável quando você estava por perto – explicou. – E, aparentemente, ela costumava nos ouvir transando.

– O quê?

– Não tem nem porque tentar demiti-la mais... Acho que ela se tornou... habitual para mim.

– Todos os estagiários ainda odeiam você?

– Não. – Ele sorriu. – Por alguma estranha razão, começaram a gostar de mim logo depois que você saiu.

– Está insinuando que seu comportamento imbecil era culpa minha?

– Não. – Ele me puxou para seu colo e pegou o pacote de gelo. – Estou insinuando que já não finjo me importar com qualquer estagiário quando a minha favorita está ausente.

Corei e ele começou a massagear meus ombros, lentamente pressionando as mãos contra a minha pele.

Fechei os olhos e suspirei, inclinando ligeiramente a cabeça para trás em vez de pedir-lhe para parar.

– Planeja algum dia aceitar minhas desculpas? – ele perguntou, aplicando um beijo em meu pescoço.

– Não.

– Existe alguma maneira de eu poder convencê-la? – Seus dedos esfregaram suavemente minha clavícula, aliviando a dor.

– Você poderia me dizer a verdadeira razão de estar em Nova York... – Senti que ele estava abrindo meu sutiã. – Sei que não veio até aqui só pra me ver.

Ele beijou meu ombro.

– Você não sabe disso.

– Estou falando sério, Andrew.

– Eu também. – Ele pressionou as palmas das mãos nas minhas costas, deixando-me, com isso, temporariamente sem palavras. – Na verdade, você é a razão pela qual ainda estou aqui, majoritariamente.

– E a outra parte?

Ele inclinou minha cabeça para trás, de modo que meu olhos miravam exatamente os dele.

– A outra parte não é importante. – O olhar dele denunciava sua vontade de me beijar, mas ele se conteve.

Em vez disso, enfiou as mãos por baixo de minhas pernas e me virou, colocando-me deitada em seu colo.

– A que horas é o seu ensaio?

– Às quatro... – eu mal conseguia falar. Seu toque era tão bom.

– Posso levá-la de carro? – Ele massageava com suavidade a parte de trás dos meus ombros. – Posso fazer isso em você por mais tempo se não precisar pegar o metrô...

Concordei com a cabeça e fechei os olhos, adormecendo à mercê de suas mãos grandes.

◆◆◆

Horas depois, Andrew parou no meio-fio do Lincoln Center.

Desatei o cinto de segurança e virei-me para ele.

– Você vai estar do lado de fora da sala de balé quando eu terminar hoje?

– Provavelmente.

– Com chocolate quente?

– Prefere outra coisa?

Sorri.

– Não...

Ele se inclinou e colocou uma mecha de cabelo atrás de minha orelha.

– Pensei que estava fazendo a coisa certa ao chutá-la para fora naquela noite, empurrá-la para longe... Aquilo foi definitivamente um erro.

– Não vou voltar pra você só porque disse isso.

– Não pedi para você voltar. – Ele passou os dedos em meus lábios. – No entanto, eu gostaria que considerasse me perdoar.

– Vou pensar sobre isso. Só porque você...

E então, assim, no meio da frase, de repente, seus lábios estavam contra os meus, beijando-me, implorando-me, dizendo todas as coisas que ele não podia expressar com palavras. E desta vez eu estava ouvindo, esquecendo desde já tudo o que tivemos no passado, antes de ele me chutar para longe.

Sem me deixar partir, ele passou os dedos pelos meus cabelos e acariciou minha nuca.

– Pense nisso – ele sussurrou, afastando-se de mim com lentidão.

– Hum... – Lutei para recuperar o fôlego enquanto ele saía para abrir minha porta.

– Vejo você hoje à noite. – Ele beijou meus lábios antes de me deixar parada no meio da rua, completamente sem fôlego. De novo.

Merda...

Caminhei na direção do salão de dança, confiante de que hoje dançaria como se estivesse flutuando. Abri as portas e senti alguém agarrando meu ombro por trás.

– Aubrey? – uma voz perguntou. – Aubrey, é você?

Quando me virei, fiquei chocada.

– Mãe? O que está fazendo aqui?

– Eu queria te ver...

Reparei no broche aplicado em seu terninho, com os dizeres "Vote certo. Vote Everhart" e soube que aquilo não era verdade. Ela estava na cidade por alguma coisa relacionada à campanha de meu pai. Eu era só uma parada.

– Bem, agora que já me viu... – Virei-me e fui entrando no prédio.

– Espere, Aubrey. – Ela me seguiu. – Você realmente acha que se mudar para o outro lado do país é a melhor forma de chamar a minha atenção e a de seu pai?

– Não saí da Carolina do Norte para chamar a atenção de vocês.

– Bem, você certamente chamou.

– E olha, só levou vinte e dois anos...

Ela suspirou.

– Decidimos falar com o chefe de departamento sobre deixar você continuar de onde parou durante o semestre de verão. Podemos fazer isso já que ficou chateada com o fato de você participar da campanha.

– Não estou chateada. Eu sinceramente não me importo.

– É claro que se importa – ela soou ofendida. – Mas se isso a faz se sentir um pouco melhor, colocamos uma foto sua e uma do seu balé nos nossos panfletos de campanha.

– Fez isso pra que parecesse que se importam de verdade com as escolas de artes?

– Não, doamos cinquenta mil dólares para o programa de dança Duke para parecer que realmente nos importamos com as escolas de artes. A foto no panfleto era pessoal, embora tivesse sido ainda melhor se tivesse escrito o esboço que pedimos que você escrevesse. Poderíamos ter colocado ao lado da foto.

Senti uma pontada em meu peito.

– Quando seu voo parte, mãe?

– Como?

– Quando seu voo parte? – repeti, minha voz embargada. – Tenho certeza de que é em três horas ou menos, então você não vai ter que perder o dia todo aqui. Pode voltar e dizer ao papai que tentou me convencer a voltar para casa depois de cumprir seu trabalho na campanha. Estou certa de que isso ainda é tudo o que importa pra você.

Ela ficou em silêncio. Eu prossegui:

– Saí de Durham porque vou viver aqui por pelo menos três anos, que é a duração de meu contrato com a companhia, e perseguir meu verdadeiro sonho. E devo dizer, é só um bônus o fato de não ter de estar em nenhum lugar perto de vocês – ela arfou ao ouvir minhas palavras. — Boa viagem. Diga ao papai que mandei "oi".

– Você vai simplesmente me deixar parada aqui?

– Você fez isso comigo a minha vida inteira.

Saí do prédio. Eu estava com muita raiva, muito ferida para me concentrar por completo. Então, enviei um e-mail para Ashcroft, deixando-o ciente de que usaria um dia de licença médica, e fui em direção à rua.

– Aubrey! – Minha mãe chamou, atrás de mim, mas continuei andando. – Aubrey, espere! – Ela finalmente me alcançou e agarrou meu braço. – Posso perder meu voo...

– E por que faria isso?

– Para poder passar um tempo com a minha filha antes que ela se esqueça que eu existo... – ela completou, e eu me esforcei para segurar as lágrimas. – Eu posso ficar aqui por uns dias e podemos nos arranjar entre sua programação de dança. Posso fazer seu pai vir também, se você estiver de acordo.

– Isto seria muito bom... – concordei, mas de súbito me veio uma condição: – Nenhuma conversa de campanha, no entanto.

– Negócio fechado.

– Nada de falar sobre meu retorno para a faculdade de Direito também.

– Posso viver com isso também – ela concordou.

– E nada de falar merda sobre balé.

Minha mãe hesitou, mas concordou novamente.

– Ok, tudo bem. – Ela me abraçou. – Você pode nos chamar um táxi pra que eu possa reservar um quarto no Four Seasons?

– Por quê? Vocês podem ficar na minha casa.

– Ah, por favor. – Ela deslizou um par de óculos sobre os olhos. – Pesquisei sobre o que bailarinas profissionais fazem. Sei o tipo de apartamento que você pode pagar nesta cidade, e filha ou não, eu me recuso.

Não queria rir, mas não pude evitar. Sabia que seria um longo processo para a reconciliação, mas estava disposta a tentar.

Ela andou até uma banca de jornal e estendi minha mão para solicitar um táxi.

– Ah, o *The New York Times* sempre escolhe os melhores casos para cobrir. – Ela disse enquanto folheava o jornal. – Tem um importante julgamento em curso esta semana.

– Criminal ou empresarial? – perguntei quando um táxi passou por mim.

– Ambos – ela disse. – E, na verdade, eu conheço esse homem. Bem, sei a história dele, de qualquer maneira... Um advogado absolutamente incrível...

– Nós nunca vamos pegar um táxi neste ritmo. – Balancei a cabeça por ter sido ignorada novamente.

– Duvido que ele alguma vez vá receber reconhecimento sobre esse caso do governo...

– Do que você está falando?

– Liam Henderson. – Ela segurou o papel na minha frente, apontado para um artigo sem foto. – Lembra? Ele está na lista que eu e seu pai temos de quem nunca irá receber o crédito que merece porque foram contra o governo. Esse cara era o favorito, acho.

– Ah, sim. – Eu lembrava. – Então, por que ele está no jornal agora? Fez alguma asneira porque não recebeu a fama devida? Está em apuros?

– Não, parece que só está testemunhando em um caso. O artigo afirma que ele está morando lá no sul e até mesmo é sócio de uma firma, mas não pode ser verdade. Qualquer empresa se gabaria se o tivesse, e eu não ouvi nada.

– Tenho certeza de que se gabariam. – Finalmente consegui um táxi. – Temos que ir agora.

– Mas é muito estranho – Ela tocou o lábio. – Em toda sua carreira, nunca vi uma foto dele, talvez uma ou duas, mas eram fotos antigas, da época de faculdade. Tenho certeza de que ele está diferente agora.

– Mãe – eu disse, abrindo a porta do carro. – O táxi cobra por minuto.

– Agora, o artigo afirma que ele está morando na Carolina do Norte e que há seis anos tem um nome falso. Mas, é claro, não estão revelando qual é o nome. Eles precisam pesquisar melhor, não acha? Como poderia um advogado desse status conseguir mudar de nome, mudar de estado e ainda praticar o Direito? – Ela me entregou o jornal enquanto entrava no táxi. – Ele teria de apagar toda a sua identidade e começar tudo do zero. Quem faria isso?

Engoli em seco e virei para o artigo enquanto me sentava no banco de trás. Li palavra por palavra e tudo ao meu redor se tornou um borrão. Eu praticamente podia sentir meu queixo caindo enquanto relembrava minha primeira entrevista na GB&H:

– Senhorita Everhart, há algum advogado que sirva de inspiração para sua carreira? – perguntou George.

– Sim, na verdade, há sim – respondi. – Sempre admirei a carreira de Liam Henderson.

– Liam Henderson? – Andrew olhou para cima e levantou a sobrancelha. – Quem é esse?

Supressão de provas (s. f.):

Ocultação indevida de provas realizada pela promotoria, que, constitucionalmente, devem revelar à defesa todas as evidências.

Andrew

EX-SÓCIOS FINALMENTE FICARÃO FRENTE A FRENTE NO TRIBUNAL: CASO HART CONTINUA ESTA SEMANA

Essa era a manchete da seção judiciária do *The New York Times* naquela manhã. Para quem não sabia nada sobre o caso, eu tinha certeza de que era simplesmente mais uma história para passar o tempo, outro escândalo superficial para devorar junto à refeição matinal.

Para mim, porém, era o fim de um capítulo de seis anos, um capítulo que tinha páginas demais. Era parte da razão de eu ter ido embora, parte da razão de eu, depois de testemunhar dentro de alguns dias, abandonar esta cidade pela última vez.

Olhei pela janela do restaurante no Waldorf Astoria, perguntando como poderia estar chovendo tão forte no auge do inverno.

– Senhor Hamilton? – Uma mulher vestindo um terninho parou ao lado de minha mesa.

– Sim?

– Meu nome é Vera Milton, sou a gerente geral – ela disse. – O senhor recebeu vários telefonemas de uma senhorita chamada Ava Sanchez... Ela continua dizendo que é importante e que precisa conversar com o senhor. Ela está na linha neste momento, aguardando...

Suspirei.

– Pode transferir a chamada para meu quarto em dois minutos, por favor?

– Certamente, senhor.

Deixei o jornal sobre a mesa e fui direto para a cobertura. Assim que abri a porta, o telefone da sala de visitas tocou.

– Alô? – Atendi.

– Sou eu... – disse Ava suavemente.

– Eu sei. Como descobriu onde eu estava hospedado?

– Sério? – ela zombou. – Preciso que me faça um favor...

– Adeus, Ava.

– Não, espere. – Ela parecia agitada. – Eu realmente sinto muito por tudo o que fiz para você, Liam.

– O que eu disse sobre me chamar por esse nome?

– Ainda me lembro de quando você me visitou quando eu estava presa antes de todas as audiências começarem...

Lembra? – ela fez uma pausa. – Sei como deve ter sido difícil me ver na época, quão solitário você devia estar para ir me visitar... Você até mesmo me disse que estava pensando em mudar seu nome para Andrew e deixar Nova York... E então eu implorei para você me salvar. Lembra?

– Realmente não estou disposto a ouvir suas histórias agora.

– Você era tão doce naquela época... tão compassivo, tão carinhoso...

– Chegue logo à porra do ponto, Ava.

– No julgamento desta semana, sei que Kevin...

– Ou seja, meu ex-melhor amigo com quem você trepou?

– Sim – ela suspirou. – Ele...

– O que tem ele?

– Ele não é o monstro que você acha que ele é.

– Está ligando para pedir um favor que nunca vai acontecer, ou está ligando para defender a porra do caráter dele? Estou confuso.

– Ele ainda sente muito pelo que fez... Ele foi...

– Qual é, Ava? – rosnei. – Não gosto nada dessa porra confusa.

– Você realmente quer machucá-lo? – a voz dela ficou um pouco mais suave. – Acho que você já nos puniu o suficiente. Já estou atrás das grades, então não há realmente nenhuma necessidade de ele sofrer neste momento.

– Vocês dois nunca vão sofrer o bastante. – Desliguei e enviei um texto para um velho contato que tinha na Secretaria da Administração Penitenciária, informando-lhe que Ava tinha contrabandeado um celular.

A última coisa em que eu queria pensar era no meu antigo parceiro e ex-melhor amigo. A única vez que ele precisaria ser lembrado seria durante a próxima audiência e, depois, nunca mais.

Verifiquei minhas mensagens de texto e notei que Aubrey tinha me enviado um simples "Ok" quando perguntei como tinha sido a audição.

Com exceção do dia em que massageei seus ombros, ela ainda estava sendo muito fria comigo.

Eu ia enviar uma mensagem mais longa para Aubrey, mas vi que ela tinha me enviado uma primeiro.

Assunto: Sim

Acabei de receber seu mais novo buquê de flores e seu convite para um encontro esta noite... Porém, tenho algumas condições.
Aubrey

Assunto: Re: Sim

Diga.
Andrew

Ela enviou outro e-mail.

Assunto: Encontro

Vou poder perguntar o que eu quiser e você vai ter que responder com sinceridade.
Aubrey

Assunto: Re: Encontro

Sempre respondo com sinceridade. A palavra "condições" não está no plural?
Andrew

Assunto: Re: Re: Encontro

Você tem de ser um cavalheiro. Não quero ser fodida em outro banheiro...
A que horas me pega?
Aubrey

Assunto: Re: Re: Re: Encontro

Na verdade, eu não estava pensando em foder você hoje à noite, mas já que você alimentou claramente essa possibilidade, vou me certificar de ter uma lista de locais potenciais antes de nosso encontro.

Oito horas da noite em ponto.

Andrew

◆◆◆

Bati em sua porta às 19h58, vestido com um terno de grife preto que eu comprara horas antes.

Não houve resposta, mas antes que pudesse bater de novo, a porta se abriu e ela saiu com um vestido preto curto que deixava pouco espaço para a imaginação.

– Está ciente de que ainda é inverno? – Parei o meu dedo ao longo de seus ombros expostos. – Vai precisar de um casaco.

Ela olhou atrás de mim.

– Você pegou o metrô até aqui?

– Sim.

– Vamos de metrô?

– O carro virá mais tarde. – Sorri quando a confusão cobriu seu rosto.

Ela pegou um casaco e fechou a porta, olhando para mim.

– Você sabe andar de metrô?

– Claro que sei – eu disse, apertando sua mão. – Nem sempre fui bem-sucedido quando morava aqui...

Uma neve fina caía enquanto caminhávamos até o metrô, e Aubrey se inclinou contra mim, pressionando seu corpo contra o meu. As luzes de Natal já decoravam os edifícios mais altos, reluzindo contra a noite, e uma leve sensação de excitação pairava no ar.

Não havia muitas pessoas na rua naquela noite e, quando embarcamos em um vagão quase vazio, Aubrey riu.

– Essa é a primeira vez que vejo o metrô assim – ela disse. – Eu geralmente tenho de lutar por um cantinho.

– Humm. – Não deixei que ela tomasse um assento só para si, mas a fiz ficar de pé comigo. – Como foi a audição hoje? Com certeza tem mais a dizer do que simplesmente "ok".

– Eu estava chorando quando te mandei aquela resposta. Estava sobrecarregada.

Levantei minha sobrancelha.

– Representei Odette/Odile em *O Lago dos Cisnes*... em nível profissional. – Ela parecia estar prestes a explodir em lágrimas. – Ainda não consigo acreditar... Todos os meus sonhos estão realmente se tornando realidade.

– Talvez esteja destinada a representar esse papel... – Limpei uma lágrima de seus olhos.

– Talvez. – Ela se inclinou, aproximando-se um pouco mais. – Estou feliz que vão nos dar os próximos dias de folga... Acho que vou conseguir relaxar e acompanhar um pouco mais de perto o noticiário. Sabe, realmente existe vida fora do salão de dança.

– Você poderia passar mais tempo comigo, se quiser uma pausa. O noticiário desta cidade é superestimado. E a maioria das notícias são falsas.

– É mesmo?

– Sim – eu disse, olhando em seus olhos. – Eu não acreditaria em metade da merda que está em qualquer um desses jornais.

Ela sorriu.

– Já ouviu falar alguma coisa sobre o grande julgamento que vai acontecer esta semana?

– Tenho certeza de que há mais do que um.

– Não... – Ela balançou a cabeça. – Não como esse...

Hesitei.

– O que torna este tão especial?

– Está mais para intrigante do que para especial... É sobre dois advogados que já foram sócios em uma empresa, ambos foram figurões, sabe? Um deles até ganhou um processo contra o governo uma vez.

– Provavelmente foi um golpe de sorte.

– Não creio. – Olhou dentro de meus olhos. – Li as transcrições. Ele sabia exatamente o que estava fazendo e o veredicto realmente afetou a política pública.

Permaneci mudo.

– Mas a questão é: ele nunca levou o crédito por seu trabalho, a não ser algumas poucas palavras de pessoas que conheciam os detalhes, sabe? – Ela fez uma pausa. – Mas, de qualquer forma, pelo que tenho lido e entendido, parece que ele foi envolvido em um monte de acusações federais falsas alguns anos depois.

– Aubrey...

– Parece que todo mundo narrou a história, todos os jornais, todos os canais de notícias. E a verdade não foi investigada até meses mais tarde, depois que seu nome já estava manchado.

Olhei para ela, implorando-lhe para parar, mas ela continuou.

– As acusações estão pendentes contra seu antigo sócio até hoje, isto é, apenas as que existiam. Mas ele, esse advogado honrado com um histórico extraordinário, ele simplesmente desapareceu no ar.

– Se ele fosse assim tão íntegro, tenho certeza de que isso não seria possível.

– É mesmo?

– É – afirmei.

– Também pensei nisso... – Ela procurou respostas em meus olhos. – Mas acho que o cara sobre o qual estou falando é capaz de qualquer coisa.

– Quais os envolvidos neste caso de que está falando?

– O acusado é Kevin Hart e a testemunha chave é Liam Henderson.

– Vou procurar no Google hoje à noite – suspirei, sem vontade de continuar aquela conversa.

Uma voz anunciou, nos alto-falantes, nossa parada e eu peguei a mão dela novamente.

– Sei que você me fez concordar com suas condições – eu disse, olhando para ela quando saí. – Mas pode concordar com uma das minhas?

– Depende do que for.

– Faça-me suas perguntas profundas depois do jantar.

– Vamos jantar agora?

– Não. – Ajudei-a a subir os degraus. – Eu não ousaria. Não quero que você me acuse de tratá-la como todas as outras mulheres com que saí.

– Isso significa que não vamos foder no fim da noite?

– Significa que não vou deixá-la no fim da noite.

Ela corou e eu beijei sua testa, enquanto caminhávamos pelas ruas cheias de luzes piscando e *outdoors* brilhantes.

Aubrey não falou muito mais sobre qualquer assunto enquanto caminhamos de quarteirão em quarteirão. Apenas corava a cada vez que eu a observava.

– Aqui – eu disse, parando quando nos aproximamos de nosso primeiro destino.

– Broadway? – Ela olhou para o grande Teatro Marquis.

– Você mencionou que não teve a oportunidade de vir aqui ainda – respondi. – Eu costumava vir sempre neste lugar quando morava aqui...

– Sempre?

– Pelo menos uma vez por semana. – Segurei a porta aberta para ela. – Duas vezes quando essa peça em particular estava em exibição. – Corri meus dedos pelas palavras *A Morte do Caixeiro Viajante*, antes de entregar nossos bilhetes para o lanterninha.

Ela sorriu enquanto ele nos levou para o camarote privado e nos ofereceu vinho, já que havíamos chegado cedo.

– Eu nunca imaginaria que você é do tipo que gosta de teatro – ela disse, sorvendo um gole. – Você nunca mencionou isso antes.

– Na verdade, quase fui para a escola de teatro em vez de fazer faculdade de Direito.

– E o que o fez mudar de ideia?

– Um diploma em Direito atrai um número maior de bocetas.

– O quê?! – Ela revirou os olhos, rindo. – Estou falando sério.

– Recebi uma bolsa de estudos maior para a faculdade de Direito. – Resisti à vontade de puxá-la para meu colo. – A melhor decisão que já tomei.

Ela abriu a boca para responder, mas as luzes começaram a se apagar e ela inclinou-se para perto de mim, sussurrando:

– Eu teria gostado de vê-lo como ator... Acho que você teria sido muito bom. – Senti quando ela colocou a mão em minha coxa. – Mas não acho que gostaria de vê-lo encenar nada sério. Acho que preferiria...

– Você vai falar durante a peça inteira, Aubrey? – cortei-a, ignorando o olhar revelador em sua face, um olhar de desejo imenso, de necessidade.

– Não tenho o direito de fazer comentários? – Ela parecia ofendida. – Não tenho o direito de fazer isso até depois do jantar também? Se for esse o caso, por que então me convidar para sair? Por que você...

– Eu já vi essa peça um milhão de vezes... – Pressionei meu dedo contra seus lábios quando o ator principal subiu ao palco. – E, embora queira que a aprecie também, se você preferir me entreter de uma maneira diferente, é só me dizer.

– O quê?

– Esse balcão estaria em sua lista de locais aprovados? – perguntei. – Se eu fodesse você aqui, estaria sendo um cavalheiro?

Os olhos dela se arregalaram e Aubrey tirou rapidamente a mão de meu colo.

– Eu estava só brincando com você, Andrew...

– Eu sei. – Beijei-lhe o pescoço. – E já lhe disse em várias ocasiões que não gosto disso, esteja você com raiva de mim ou não...

Ela prendeu a respiração quando deslizei meu polegar por baixo de sua calcinha.

– Vou parar de fazer perguntas – ela disse. – Vou assistir à peça...

Quando ela virou o rosto em direção ao palco, saí da minha cadeira e me ajoelhei em sua frente.

– Andrew? – ela sussurrou com aspereza quando abri suas pernas. – O que está fazendo?

– Garantindo que você aproveite a peça.

Não lhe dei chance de responder. Rapidamente arranquei sua calcinha e enterrei a cabeça entre suas pernas, correndo a língua em sua boceta nua, desfrutando o gosto de que sentira falta por meses. Chupei-lhe o clitóris, sugando-o inteiro nos lábios, fechando os olhos enquanto ele crescia e crescia em minha boca.

– Andrew... – ela gemeu, apertando as pernas em volta de meu pescoço, agarrando meus cabelos e me implorando para ir mais devagar.

Mas eu não podia. O gosto dela era bom para caralho. Forcei minha língua mais fundo, reivindicando cada canto do interior de sua boceta, marcando, indômito e enfático, o que me pertencia.

Quando ela começou a mexer o quadril na cadeira, empurrei-a para baixo, forcei-a no lugar, castigando-a como a uma menina má, com golpes mais e mais fortes, chicoteando a língua em sua boceta que já estava completamente molhada, deslizando os dedos, um, dois, três para dentro dela e ordenando-lhe, dominante, que ela ficasse calada.

– Não posso... – Ela empurrou o quadril para cima novamente. – Não posso...

Um forte aplauso surgiu do teatro abaixo de nós, ecoando nas paredes quando a primeira cena terminou.

E eu chupei seu clitóris ainda mais forte, corri a língua contra ele várias e várias vezes até que ela não pudesse deixar de gritar meu nome teatro afora.

Tremendo, ela segurou em meus ombros, agarrando-me mais forte do que nunca quando, finalmente, gozou em minha boca.

Segurei-lhe as coxas enquanto ela continuava a tremer, o torpor percorrendo seu corpo de cima a baixo.

Quando ela voltou a si, acariciei-lhe as pernas e beijei a parte interna de suas coxas.

Peguei a calcinha abandonada do chão, limpei a boceta de Aubrey com ela e a enfiei no bolso antes de voltar para o meu lugar.

– Algum problema, senhor? – Um lanterninha apareceu. – Ouvi uma agitação.

– Uma agitação? – Olhei para Aubrey e, depois, de volta para ele. – Não, creio que não.

– Tem certeza? – ele perguntou, preocupado. – E a senhorita? Está tudo bem?

– Sim, senhor. – Aubrey balançou a cabeça, tentando parecer o mais normal possível. – Estou mais do que bem.

Ele se afastou e, em poucos segundos, ela aparentemente se transformou na Aubrey de meses atrás, conforme eu me lembrava dela, aquela que era incapaz de ficar calada, de não fazer perguntas.

Não que eu me importasse, entretanto.

No primeiro intervalo ela perguntou tudo o que era possível sobre a peça e encostou-se contra mim, sussurrando:

– Isso é perfeito, Andrew... Obrigada.

Depois, ela não voltou a falar até o final da peça, duas horas depois.

– O ator principal foi incrível – ela opinou, quando as cortinas se fecharam. – Realmente senti toda a emoção dele na última cena...

– Eu também – disse, ajudando-lhe a colocar o casaco. – Você tem algum tipo de toque de recolher? Algum horário para voltar para casa?

– Tenho vinte e dois anos.

– Sei bem disso. – Revirei os olhos. – Descobri da maneira mais difícil, obrigado. Eu quis dizer se você tem mais algumas horas para ficar comigo ou precisa levantar cedo?

– Não...

– Ótimo. – Levei-a para fora do teatro e sinalizei para o motorista do outro lado da rua. – Quero levá-la a outro lugar. Posso?

– Eu adoraria...

Ajudei-lhe a entrar no carro e, em seguida, deslizei para dentro. Ela se moveu para meu colo e pressionou os lábios contra os meus, sussurrando agradecimentos uma vez mais.

Abraçando-a forte, ofereci-lhe um breve passeio por meu passado quando dirigimos através da cidade, agradecido com o fato de o motorista evitar passar por minha antiga firma.

Mostrei-lhe meus restaurantes favoritos, meus lugares preferidos para relaxar e alguns outros onde eu gostaria de levá-la antes de ir embora.

– Chegamos ao Waldorf Astoria, senhor Hamilton. – O motorista nos olhou pelo espelho retrovisor. – Este vai ser o ponto final esta noite?

– Sim – eu disse, notando que Aubrey olhava para mim.

– Pensei que você tivesse dito que...

– Relaxe... – Beijei-lhe a testa. – Este é o lugar onde estou hospedado.

– Ah...

Peguei sua mão e a conduzi pelo *lobby* até o elevador que levava para a cobertura.

Abrindo as portas, percebi que tudo fora arrumado exatamente como eu havia pedido: uma única mesa revestida com uma toalha branca, colocada diante da lareira, luzes suaves penduradas em ondas na treliça e, através da neve que caía, as palavras "Sinto muito" brilhavam no edifício em nossa frente.

– Isso é tão bonito, Andrew... – ela disse, olhando ao redor. – Quando mudou de ideia sobre o jantar?

– Não mudei. – Puxei a cadeira e descobri o prato de morangos cobertos com chocolate e baunilha. – É a sobremesa.

– Você pensou em tudo isso sozinho?

– Pensei.

Sentei-me ao lado dela e coloquei os braços em volta de seus ombros.

– Você sabe que, normalmente, em um encontro, as duas pessoas se sentam uma de frente para a outra, certo? – ela disse.

– Você perdeu o memorando no qual eu garantia que não trataria esse como um encontro qualquer?

– De modo algum. – Sua boca estava na minha em questão de segundos, e minhas mãos encontraram o caminho entre seus cabelos.

Puxando-a para a frente, mordi seus lábios e olhei fundo dentro de seus olhos.

Apesar de silenciosa, ela estava me pedindo para avançar o sinal, para seguir em frente, ao esfregar a mão contra meu pau já completamente duro.

– Pare de me tocar, Aubrey – sussurrei, avisando-a. – Não vou mais ser capaz de ser um cavalheiro se você não parar... – Levantei-me e caminhei até a porta, afastando-me um pouco. – Estou tentando provar para você que podemos ter um encontro sem eu precisar comer você...

Ela me seguiu, sorrindo.

– Tenho certeza que já falhou... – Ela enfiou os dedos em meus cabelos e rapidamente desabotoou minha camisa.

Empurrei meu joelho entre suas pernas e deslizei a mão por suas coxas, suspirando quando senti o quanto ela estava molhada.

– Aubrey... – gemi quando ela enfiou a mão em meu bolso e tirou um preservativo. – Eu posso esperar...

– Eu não posso. – Ela tirou meu pau da calça e rolou o preservativo em mim sem soltar meus lábios por um segundo sequer.

Coloquei os braços em volta de sua cintura. Levantando-a, levei-a até as grades de proteção da área aberta.

– Você não tem ideia do quanto senti falta da sua boceta. – Beijei seus lábios. – E da sua boca.

– E isso é tudo de que você sentiu falta? – As mãos dela envolveram meu pescoço.

– Se fosse, não estaríamos aqui agora. – Deslizei lentamente para dentro dela, preenchendo cada centímetro seu, fitando o interior de seus olhos enquanto me lembrava de como era boa para caralho a sensação de estar dentro dela.

Sem dizer mais nada, deslizei as mãos para baixo, segurando-a pela cintura, movendo-a para cima e para baixo, gemendo enquanto sua boceta agarrava-se mais e mais apertada a meu pau a cada golpe.

Seus lábios encontraram os meus e nenhum de nós os separamos enquanto a neve fraca caía sobre nossos corpos.

Ela cravou as unhas em minhas costas quando estava perto de gozar, os dentes presos no lábio inferior impedindo o grito iminente.

– Não goze ainda, Aubrey... – Meu pau estava latejando, enorme, dentro dela. – Espere...

Ela balançou a cabeça, lutando contra isso, mas resistiu por mais alguns segundos, olhando em meus olhos.

– Senti tanto sua falta – sussurrei. – Pra caralho...

Caindo para a frente em meu peito, ela gozou comigo, mordendo minha pele quando suas pernas, entorpecidas, largaram-se extasiadas em volta de minha cintura.

Ambos estávamos respirando ofegantes, olhando um para o outro, como acontecera meses atrás. E mantivemos nossos corpos entrelaçados.

Beijei seus lábios, repetindo o quanto eu sentira sua falta e ela sorriu, suavemente, dizendo-me para sair de dentro dela.

– Gostaria de passar a noite aqui? – perguntei, pegando meu casaco e entregando-o para ela. – Você pode me contar mais sobre esse caso que a está intrigando tanto ultimamente.

– Henderson & Hart? – ela perguntou. – Você realmente não ouviu nada a respeito?

– Não, mas se você passar a noite podemos pesquisar juntos no Google.

– Acho que não – sua voz de repente estava seca. – Preciso ir. – Ela ajeitou o vestido, foi até a mesa e pegou a bolsa.

– Algum problema?

Ela não respondeu. Pegou o telefone para verificar a hora e suspirou.

– Aubrey, o que está fazendo?

– Estou me forçando a perceber que você ainda é o mesmo e que nunca vai mudar. – Ela parecia magoada. – Sua ideia de verdade é, e sempre será, uma falácia. Isso é tudo.

– Como é que é?

– Obrigada pela noite maravilhosa... Sempre vou lembrar dela, só para você saber.

– Estou realmente começando a me perguntar se você não é mesmo *bipolar*...

– Por que não me contou hoje à noite que seu nome é Liam Henderson? – Ela balançou a cabeça e eu respirei fundo. – Eu lhe dei todas as chances para isso – ela disse, e parecia magoada. – Praticamente implorei para você me contar, mas você falou sobre tudo, menos isso.

Hesitei.

– Eu ia contar tudo hoje à noite, na cama.

– Claro que ia – ela zombou. – Existe alguma razão para que você não tenha me contado antes, nem mesmo quando informei em minha entrevista que você costumava ser meu advogado favorito?

– Costumava?

Ela assentiu com a cabeça.

– Sim. Costumava. Os ensaios que eu costumava ler de Liam sempre enfatizaram a honestidade total e absoluta. Acho que tudo isso mudou quando ele se tornou Andrew Hamilton.

– Aubrey, não... – Dei um passo para a frente e ela recuou. – Eu ia mesmo lhe pedir para ir à audiência final.

– Posso usar seu carro para voltar para casa ou preciso chamar um táxi?

– Pare com isso. Agora.

– Táxi, então. – Ela encolheu os ombros. – Desejo-lhe boa sorte em seu testemunho. E espero que trate a próxima garota que encontrar muito bem desde o início, para que ela não tenha que amá-lo e deixá-lo sozinho no final.

– Me dê uma chance de falar, Aubrey...

– Não temos mais nada para falar – ela abriu a porta. – Por favor, não me siga, Andrew. Você não pode confiar em mim e eu não posso confiar em você, então, não quero mais nada disso. E preciso que você, enfim, respeite minha decisão.

Abri minha boca para responder, mas ela falou primeiro.

– Adeus Andrew... *Liam* – disse. – Seja lá qual for seu nome.

– Aubrey...

A porta se fechou e eu sabia que era inútil ir atrás dela naquele momento.

Ela tinha ido embora.

Juramento (s. m.):

Declaração atestando que a verdade será dita.

Andrew

– Você jura dizer a verdade, toda a verdade, nada mais do que a verdade, em nome de Deus? – disse o juiz para mim, algumas manhãs depois.

Eu não disse nada, a partida repentina de Aubrey ainda estava fresca em minha memória.

– Senhor Hamilton, eu lhe fiz uma pergunta – o juiz repreendeu-me.

– Desculpe – eu disse. – Eu juro dizer a verdade, somente a verdade, nada mais do que a verdade, em nome de Deus.

– Podemos continuar.

O advogado de defesa levantou-se e limpou a garganta.

– Senhor Hamilton, seu nome legal antigamente era Liam Henderson, correto?

– Correto.

– O senhor poderia dizer ao tribunal como conheceu meu cliente, Kevin Hart?

– Éramos sócios na Henderson & Hart.

– Sócios e melhores amigos, correto?

Olhei para Kevin, que não demonstrou nenhum tipo de emoção. Ele estava vestido com um terno cinza e, depois de todos aqueles anos, ainda era incapaz de usar uma gravata adequada.

– Sim – eu disse para o advogado. – Costumávamos ser.

– É verdade que o senhor se envolveu em uma briga com meu cliente, em um bar, seis anos e meio atrás?

– Defina "briga".

Ele pegou uma folha de papel.

– O senhor entrou em um bar e deu um murro na cara do meu cliente, deixando-o com a mandíbula quebrada e uma costela fraturada?

– Ele estava comendo a minha esposa.

Os membros do júri suspiraram e o juiz bateu o martelo.

– Senhor Hamilton... – o juiz falou severamente. – Este tipo de linguagem não é permitida em meu tribunal. Por favor, responda a pergunta de modo adequado.

– Sim – eu disse. – Sim, feri o senhor Hart... severamente.

– Da mesma forma como feriu sua própria esposa?

– Objeção! – O promotor levantou-se. – Relevância, Meritíssimo?

– Mantido.

– Certo. – O advogado de defesa levantou as mãos em sinal de rendição. – É verdade que o senhor culpou o senhor Hart pelo fracasso de sua antiga empresa?

– É evidente que o Departamento de Justiça o fez, já que ele é o único julgado hoje.

– Senhor Hamilton...

– Sim. – Cerrei a mandíbula. – Sim, eu o culpei pela falência de nossa antiga empresa.

– É verdade também que o senhor o culpou pela lamentável morte de sua filha?

– Meritíssimo! – O promotor me lançou um olhar de simpatia. – Relevância.

– Negado... Responda à pergunta, senhor Hamilton.

Desviei o olhar de Kevin e fechei os punhos.

– Sim.

– Sua filha morreu entre as semanas que antecederam o colapso completo de sua empresa e, durante tais semanas, o senhor conseguiu bater severamente em seu parceiro, espancar sua esposa e...

– Eu não espanquei a porra da minha esposa. Ela armou essa merda. Você fez alguma porra de pesquisa? – O juiz bateu o martelo, mas continuei falando. – Não tenho certeza de qual faculdade de fundo de quintal foi burra o suficiente para lhe dar um diploma, mas o caso entre mim e minha esposa foi julgado e arquivado anos atrás, porque ela mentiu sobre inúmeras coisas sob juramento. E, considerando que ela foi mandada para a prisão e eu fui inocentado de todas as acusações, você pode aceitar isso como a porra de um fato. Portanto, antes de me fazer outra pergunta idiota e tentar sujar minha imagem, lembre-se de que os meios de subsistência de seu cliente estão em jogo neste julgamento, não os meus.

O juiz soltou um suspiro profundo, mas não disse mais nada. Apenas fez um gesto para a defesa continuar.

– Durante sua sociedade com meu cliente, é verdade que sua esposa estava no comando de todas as transações monetárias da empresa?

– Ex-esposa. Sim.

– E você nunca pensou em verificar para onde ela estava destinando a maior parte dos fundos?

– Sou advogado, não contador.

– Então, o senhor nunca pensou que era um pouco estranho o fato de sua nova empresa estar conseguindo sete contas por mês?

– Não – suspirei, pensando naqueles dias, naqueles clientes. Todos com quem trabalhávamos tinham muito mais dinheiro do que eu poderia ganhar em toda a minha vida e eu não me preocupava com os lucros que Ava reportava. Eu confiava nela.

– É justo dizer que a falência de sua empresa pode ser devida à manipulação de sua esposa no setor financeiro?

– Sim – respondi, cerrando os dentes.

– Interessante. – Ele pegou uma folha de papel e pediu ao juiz para se aproximar. – O senhor pode ler isto para o tribunal, por favor?

– Prefiro não – respondi.

– O senhor prefere não ler? – ele riu. – Senhor Hamilton, como advogado, certamente o senhor sabe que será preso por desacato por se recusar a ler as provas solicitadas.

– Leia, senhor Hamilton – o juiz exigiu.

– "Você é uma puta mentirosa, Ava" – li minhas antigas palavras. – "Você trepou com tantas pessoas pelas minhas costas que já perdi a conta. Pelo que sei, você merece apodrecer atrás das grades. Talvez, então, sua boceta tão gasta possa ter o descanso tão necessário."

As pessoas no júri cobriram a boca, em choque, mas continuei lendo.

– "Obrigado por me dizer que meu pau nunca foi acima da média, que, depois de todos esses anos de casamento, você nunca teve prazer... Como você e Kevin não conseguiram apenas tirar minha empresa, mas também arruinaram a única coisa que fez minha vida valer a pena, aceite esta carta como um adeus." – Olhei para a defesa.

– O senhor também pode ler o que escreveu depois, no P.S.?

Revirei os olhos.

– "Como você só vai ficar entre mulheres pelos próximos quinze anos, sugiro que experimente uma boceta. O sabor é absolutamente perfeito."

– Objeção, Meritíssimo. – O promotor levantou-se. – Não vejo como este documento é relevante para o caso. A defesa também falhou em nos dar conhecimento desta carta anteriormente. Solicito que seja retirada dos autos.

– Mantido. Peço ao júri que desconsidere a prova. – O juiz olhou para o relógio e, em seguida, levantou-se. – Vamos fazer uma pausa para o almoço. O testemunho continuará na parte da tarde.

Enquanto o júri deixava o recinto, permaneci sentado. Não tinha para onde ir.

– Eu não sabia que ele ia trazer à tona sua filha. Sinto muito... – O promotor ofereceu-me um pequeno sorriso. – Vou redirecionar assim que ele terminar... Seu ex-sócio está acabado, está apenas tentando prejudicar sua imagem para que ele possa parecer um pouco mais simpático ao júri.

– Você sabe que sou advogado, não é? – Levantei-me do banco. – Sei exatamente o que ele está tentando fazer.

Saí do tribunal. Lá fora, debaixo de uma forte nevasca, olhei para o céu. Cogitei ir embora e correr o risco de ser preso por desacato, mas uma parte de mim queria ajudar a selar o destino de Kevin.

Tinha sido uma longa jornada até aqui, todas as mentiras, a traição, a dor... E ele merecia o que quer que fosse receber.

Alguém bateu em meu ombro.

– Tem um minuto? – perguntou uma voz familiar. Kevin.

– Não.

– Imaginei... – ele suspirou. – O que quer que aconteça no final desse julgamento...

– Não ouviu o que eu disse? – Virei-me para encará-lo. Fiquei surpreso pela forma como, de perto, ele parecia abatido. O tempo não tinha sido nada bom com ele.

– Sinto muito por tudo que Ava e eu fizemos você passar – ele disse com um olhar genuíno de pesar. – O dinheiro e os clientes foram chegando tão rápido e éramos tão jovens...

– Jovens?

– Sim – ele concordou com a cabeça. – Jovens e idiotas, sabe? Era...

– Idiotas pra caralho – cerrei a mandíbula. – Mas foi mais do que estupidez, Kevin. Foi ganância. E quando os jornais começaram a juntar as peças, quando os clientes começaram a exigir respostas, vocês dois viraram as costas para mim. Você me culpou... Você entrou com um pedido de guarda de Emma, sabendo muito bem que não a queria de fato. Você só queria me machucar, uma vez que era o pai biológico dela.

– Liam...

– E conseguiu. – Eu podia, enfim, admitir isso honestamente. – Você realmente conseguiu, porra...

– Se eu pudesse voltar atrás...

– Mas não pode – eu o interrompi. – O que você pode fazer é me dizer uma coisa...

– O quê?

– Na noite em que arruinou a minha vida... Bem, não na primeira noite, mas na que veio meses depois, você estava bebendo?

– Qual é a importância disso agora?

– Você estava bebendo naquela noite, porra? – Olhei para Kevin, que suspirou, olhando para o chão.

– Sim...

– Obrigado por finalmente ser honesto – soltei, por fim. – Vou até dormir melhor sabendo que vai se juntar a Ava atrás das grades quando esse julgamento terminar.

– Ava foi presa novamente? – ele parecia magoado, decepcionado.

– Mais nove anos – sorri, mas rapidamente o sorriso desapareceu. – Seis a mais do que Emma tinha.

Não lhe dei oportunidade de responder. Meu coração estava apertado mais uma vez diante da lembrança da perda de Emma, de toda a dor que ela deve ter sentido em seu último dia de vida... Então, fechei os olhos, tentando impedir outra memória dolorosa de vir à tona.

Benefício da dúvida (s. m.):

Incerteza da culpa de um acusado
em um aspecto moral.

Liam Henderson

Seis anos atrás...

Viver em Nova York jamais seria trivial. Todos os dias havia algo novo para descobrir, algo que nunca tinha sido visto antes.

Embora ainda estivesse exausto após a vitória de um de meus maiores casos, ainda em sigilo, no Estado, eu tentava me encontrar – pessoal e profissionalmente. Estava percebendo que a popularidade nacional sempre me iludiria, mas desde que eu fosse subestimado e não supervalorizado, não haveria de ser um problema.

Deixei um livro de ensaios sobre a mesa de centro quando ouvi uma forte batida na porta. Era o jeito familiar, alto e irritante, que o meu melhor amigo, Kevin, tinha para avisar de sua presença.

– Sabe de uma coisa? Você não pode continuar vindo no meio da... – Parei de falar quando eu percebi que não era Kevin.

Era uma mulher e um homem, ambos vestidos de cinza.

– Você é Liam Andrew Henderson? – a mulher perguntou.

– Quem quer saber?

– Você é Liam Andrew Henderson? – o homem repetiu com firmeza.

– Depende de quem quer saber.

Ambos piscaram.

– Sim – respondi. – Eu sou Liam Henderson.

– Você foi intimado. – A mulher colocou um envelope azul, grosso, em minha mão, era a décima vez que aquilo acontecia comigo em uma semana.

– Isso é algum tipo de piada? É o *The New York Times* tentando arrancar alguma coisa de mim mais uma vez?

Eles trocaram olhares confusos.

– Eu estava apenas fazendo o meu trabalho – respondi. – Se eles querem continuar com essa mesquinharia de se recusar a imprimir minha imagem para o resto da vida, tudo bem. Ótimo, na verdade. Mas me mandar intimações todos os dias durante uma semana e meia...

– A Comissão de Valores Monetários não faz brincadeiras – disse a mulher, antes de ambos se afastarem.

Fechei a porta e liguei imediatamente para Kevin.

– É melhor que seja uma emergência. – Ele atendeu. – Sabe que horas são?

– Nosso escritório irritou alguém ultimamente?

– É claro que não. Por quê?

– Acabei de receber uma intimação da CVM. De novo.

– Você abriu alguma das outras? – ele perguntou.

– Duas. – Fui até minha mesa e abri uma gaveta. – Algo sobre um cliente chamado Ferguson. Ele alega que não colocamos seu dinheiro em depósito judicial e está nos processando em cinco milhões de dólares e, supostamente, entrando em contato com nossos outros clientes. Temos algum cliente chamado Ferguson?

– Temos três clientes chamados Ferguson.

– Irritamos algum deles?

– Não que eu saiba. – Ele parecia preocupado. – Tenho certeza de que eles teriam nos procurado primeiro antes de entrar com um processo, não acha? Tem certeza de que não é o *The New York Times* fazendo uma provocação? Essa é a décima carta que você recebe.

– Foi a primeira coisa que perguntei. Disseram que não é do jornal.

Ficamos em silêncio por alguns segundos.

– São eles. – Rimos em uníssono.

– Desculpe por ligar a essa hora. Falo com você mais tarde. – Enfiei o envelope na gaveta, com todos os outros, e desliguei.

– Papai? – Emma entrou na sala, esfregando os olhos enquanto se aproximava de mim. – Posso ir brincar?

– São três da manhã, Emma – Sacudi a cabeça. – O que você acha?

– Eu quero brincar... – Ela sorriu e me olhou com aquele olhar para o qual eu era incapaz de dizer não.

Sorri de volta e beijei-lhe a testa, pensando aonde poderíamos ir àquela hora. O Central Park estava fora de questão, assim como qualquer outro parque, na verdade. Havia uma loja que vendia donuts vinte e quatro horas por dia e à qual poderíamos ir a pé ou...

Parei no meio do pensamento. Kevin estava fazendo uma brinquedoteca para ela no escritório, uma sala que tinha o dobro do tamanho da dele. Ele disse que aquilo me impediria de usar a desculpa de precisar ficar com Emma enquanto trabalhássemos em casos mais difíceis.

– Sei de um lugar aonde podemos ir. – Peguei Emma e a levei para seu quarto. Ajudei-a a colocar seus sapatos favoritos: um par de galochas vermelhas que ela usava todos os dias, mesmo quando não estava chovendo. – Certo, vá se sentar no sofá para que eu possa me vestir e depois saímos, certo?

Ela correu para fora do quarto sem dizer uma palavra. Eu realmente precisava encontrar uma maneira de colocar um fim à mania dela de acordar às três da manhã, mas uma parte de mim gostava. Aquele era nosso momento especial juntos.

Coloquei um moletom e mandei um e-mail rápido para minha esposa.

Assunto: Emma

Levando Emma para brincar. Você ainda está no café?

Te amo,

Liam

Assunto Re: Emma

O que vai dizer quando ela lhe pedir um pônei?

(Sim, ainda estou aqui... A época de declaração do imposto vai ser minha morte. Quer que eu leve um copo para você? Quer experimentar um latte?)

Te amo mais,

Ava

Assunto: Re: Re: Emma

Nada. Só vou comprar o pônei.

(Não, obrigado. Você sabe que eu odeio café.)

Impossível. Eu te amo mais do que você jamais saberá.

Liam

– Estou pronta! Estou pronta! – Emma entrou correndo no meu quarto e derrubou um monte de pastas. – Estou pronta!

Rindo, guardei meu celular no bolso e tentei reorganizar os papéis, mas parei assim que vi minha assinatura. Forjada.

Confuso, vasculhei os outros papéis e percebi a mesma coisa.

O que é isso?

– Vamos, papai! – Emma puxou minha calça.

Coloquei a pasta debaixo do braço e segurei a mão dela.

– Sua soneca hoje vai ter que durar pelo menos cinco horas, sabia disso?

– Não gosto de soneca.

– É claro que não gosta...

Saímos do apartamento e fomos até meu carro. Como de costume, Ava tinha deixado uma nota debaixo dos limpadores do para-brisa.

Caro marido,

Eu te amo muito e me dói ver alguém com tanto dinheiro e status, como você, dirigindo um carro como este. Sei que você é modesto e que o terno mais caro que tem provavelmente custou oitenta dólares, mas vamos lá! É preciso viver, Liam!

Vou levá-lo para comprar um carro novo na semana que vem e não aceito um não como resposta,

Ava.

P.S.: Obrigada pelas rosas que me mandou ontem. Tem uma coisa especial que coloquei na mesa do seu escritório.

Sorri e coloquei Emma em sua cadeirinha, cedendo quando ela pediu para ouvir sua música predileta no modo "repetir" enquanto eu dirigia para o escritório.

O projeto arquitetônico elegante do edifício ainda tirava o fôlego das pessoas quando estas o viam pela primeira vez. Era a única coisa em que eu não poupara despesas durante a construção; certifiquei-me de que os painéis dourados translúcidos tivessem tecnologia de ponta, que as estátuas de Direito fossem devidamente colocadas sobre colunas de mármore e que a inscrição "Henderson & Hart", em pedra, acima da entrada, fosse polida toda semana.

E, como um gigante "foda-se" para o governo por enterrar meu primeiro caso, o caso que deveria ter deixado meu nome famoso e me colocado nos *outdoors* de todo o país, eu tinha construído o escritório na frente da sede do Escritório de Segurança Social.

Entrei no estacionamento privativo e olhei no espelho retrovisor, vendo que Emma já estava dormindo.

Saí e a levei para dentro de qualquer maneira. Tinha certeza de que ela acordaria em breve.

– Bom dia, senhor Henderson. – Uma estagiária me cumprimentou enquanto eu entrava.

– Bom dia, Laura – respondi. – Estou em um fuso horário diferente hoje? Por que todo mundo está acordado e trabalhando agora?

Ela corou.

– É o período de entrega da declaração de imposto de renda.

– E só ouço isso... – Entrei no elevador. – Vejo você mais tarde.

Emma agitou-se em meus braços, murmurando, mas apenas roncos suaves seguiram seus murmúrios.

Quando as portas do elevador se abriram, atravessei as portas maciças com as gravações "H&H" no vidro que davam para sala de brinquedos inacabada de Emma. Coloquei-a gentilmente na enorme cama rosa que existia ali e a cobri, sussurrando "Eu te amo" antes de diminuir um pouco a intensidade das luzes.

Sentei-me no canto e peguei a pasta que estava debaixo de meu braço. Comecei a ler o que pareciam ser recibos e relatórios de câmbio. Coisas que não me lembrava de ter feito.

Peguei o telefone para enviar uma mensagem para Ava, para ver se aquilo era apenas mais uma piada, afinal, ela tinha certa propensão a esse tipo de comportamento. Mas ouvi sua voz antes.

– Caralho! – ela gritou.

Levantei-me e fui em direção ao som de sua voz. Parei quando ouvi outra voz familiar.

– Sua boceta é boa pra caralho...

– Ahhhh... – Ava estava gemendo. – Mete... mete mais fundo... Me fode!

Congelei completamente, incapaz de dar mais um passo sequer. Eu não queria acreditar que outro homem, Kevin, pelo que parecia, estava trepando com a minha esposa ou que ela estava me traindo.

Não podia acreditar. Eu confiava demais nela.

Mas, quando ela gritou mais algumas vezes, os mesmos gritos que dava quando transava comigo, soube que era verdade.

– É assim que você conduz os negócios, *senhora Henderson?* – perguntou Kevin, um tom de sarcasmo escorrendo em sua voz.

– Vai mesmo me chamar assim enquanto estamos fodendo? Enquanto você está dentro de mim? – ela gemeu. – Podemos voltar ao trabalho agora? Essa é a terceira interrupção hoje e eu gosto do trabalho bem-feito.

– Tudo bem, tudo bem...

Papéis foram espalhados e janelas foram abertas, mas eu permaneci congelado, ainda sem conseguir acreditar. Só quando olhei por uma fresta da porta foi que meu cérebro realmente começou a processar o que estava acontecendo.

– O que vamos fazer com essa merda de Ferguson? – perguntou Kevin.

– Merda de Ferguson? É assim que vamos chamar?

– Ah, certo. Aqui vai um nome melhor para isso: Cinco a dez anos para mim. Quinze anos para você.

– Eu estava pensando em vinte.

– *Vinte*? – Ele bateu na mesa. – Está completamente louca? Vinte anos? Está sugerindo que devemos simplesmente nos entregar?

– Não... – ela disse. – Só Liam.

– O quê? – Ele parecia chocado. – Você está brincando, não é?

– Você me ouviu rir?

Silêncio.

– Ava, veja... – ele suspirou. – Liam é como um irmão para mim.

– Diz o homem que no momento está transando com a mulher dele... Que belo irmão você é.

– Isso é um erro.

– Uma vez seria um erro – ela disse, acendendo um cigarro. – Uma vez por dia durante os últimos anos não é necessariamente a mesma coisa. Sinto muito.

Meu coração se afundou.

– Foi um erro, Ava. – Ele parecia em conflito. – Hoje à noite ia ser a última vez de qualquer forma. Não posso continuar fazendo isso com ele.

– Eu não quero parar. – Ela andou até a janela e suspirou. – Não posso...

– O quê?

– Ele não me dá mais o que preciso...

– Você vai ter que encontrar uma maneira para que ele dê, então. Agora, na verdade, pode ser uma boa hora para começar, tendo em vista que ele pode ter que ser seu advogado.

Ela desabou em lágrimas.

– Essa é mesmo a última vez?

– A primeira vez deveria ter sido a última. – Ele se aproximou e massageou seus ombros. – Você só estava me usando... Precisa esquecer isso.

– Eu não estava... – Ela segurou um soluço. – Eu não estava te usando...

– Sim, estava. – Ele a beijou nos lábios. – E tudo bem. Eu até gostava.

– Acha que eu sou uma pessoa horrível?

– Não.

– Jura?

Ele balançou a cabeça, cobrindo o rosto com as mãos.

– Ele não podia lhe dar um filho e você queria um... Naturalmente... Isso é completamente compreensível.

Segurei um suspiro.

– Ele não me come como você... – ela sussurrou.

– Pare com isso, Ava. – Ele beijou a bochecha dela. – Pare com isso.

Eu não queria ouvir mais nada.

Não aguentava ouvir mais nada.

Enquanto os dois se beijavam e se abraçavam completamente imersos em seu próprio mundo, forcei-me a ir embora.

Acendi as luzes em meu escritório e notei uma caixa azul sobre minha mesa. Nela, as palavras: "Para: O amor da minha vida. De: Seu primeiro e único amor."

Meu coração doeu de novo enquanto eu rasgava o embrulho e olhava para dentro: um novo conjunto de abotoaduras, um conjunto que provavelmente tinha custado mais do que todos os meus ternos juntos. Minhas iniciais tinham sido gravadas nelas e ela tinha colocado um cartão com uma citação de um de meus autores favoritos:

"Não seja demasiado ético. Você pode deixar de viver assim. Mire acima da moralidade." (Henry David Thoreau)

Suspirei. Ela tinha deixado de fora a última parte da citação, a parte que dizia "Não seja simplesmente bom; seja bom para alguma coisa".

Peguei o telefone e enviei-lhe um e-mail:

```
Assunto: Café

Acho que vou experimentar um pouco de
café... Você ainda está na cafeteria?
Liam

Assunto: Re: Café

Sim. Acho que vou ficar aqui a noite
toda. De qual tipo você quer?
Ava

Assunto: Re: Re: Café

O que julgar melhor para uma primeira
vez...
Já falou com Kevin hoje?
Liam
```

```
Assunto: Re: Re: Re: Café.

Ainda não. Ele tem estado mais estranho
do que o habitual nos últimos tempos.
(Nós realmente precisamos encontrar
uma namorada para ele...) E você?
Ava
```

Não respondi.

Saí dali e fui até a sala de brinquedos onde Emma dormia tranquilamente. Eu queria acordá-la, queria que ela olhasse para mim para eu poder estudar suas características metodicamente, queria poder ver com meus próprios olhos que ela era, de fato, filha de Kevin, mas não consegui.

Ela era minha filha, biológica ou não.

Peguei-a no colo e corri para casa. Assim que a coloquei na cama, procurei na mesa de centro o envelope que tinha arquivado horas antes e o abri.

Era uma intimação padrão para eu comparecer em um tribunal, mas as acusações listadas ocupavam mais de uma página – mais de duas páginas.

Era um manifesto de dez páginas, um rol de besteiras que eu jamais faria: suborno, extorsão, fraude fiscal, fraude postal, fraude eletrônica, todo tipo de porra de fraude.

Que porra é essa?

Debrucei-me sobre os documentos por horas, minha mente entorpecida e acelerada. De qualquer forma, porém, eu não poderia processar completamente tudo aquilo, meus pensamentos ainda estavam em Kevin e Ava.

Como ela tinha mentido para mim.

Como ele tinha mentido para mim também.

E agora, isso.

A porta se abriu às cinco da manhã, e Ava deixou um copo de café quente na minha frente.

– Precisamos conversar – ela disse.

Eu não disse nada, apenas fechei todas as pastas e olhei para ela.

– Acabei de ser intimada pela CVM... – ela disse andando de um lado para o outro. – Intimada... Eles foram à empresa e...

– Pensei que estivesse na cafeteria.

– Eu estava – ela engoliu em seco. – Passei na empresa depois de pegar seu café para apanhar algumas coisas.

– Alguém estava lá com você?

– Claro que não – ela zombou. – Olha que horas são... Enfim...

Eu não conseguia ouvir mais nenhuma palavra. Eu podia ver o movimento de seus lábios, perceber alguns sons saírem de sua maldita boca, mas as mentiras que ela acabara de dizer haviam bloqueado tudo em mim.

– Por que está me traindo? – soltei, de repente irritado com as lágrimas caindo em seu rosto.

Ela respirou fundo e me olhou de cima a baixo.

– Liam, a CVM acabou de me intimar injustamente e você está mesmo me acusando de traição agora?

– Não estou te acusando. Uma acusação implicaria uma chance de você ser inocente. Por que está me traindo?

Ela mexeu nas pedras do colar. Então, ela começou a cantarolar o refrão da música clássica de Sinatra, "New York, New York".

– Não me faça perguntar de novo, Ava – eu disse. – Eu sei que você trepou com Kevin.

Seus olhos finalmente encontraram os meus.

– Tudo bem... sim, eu trepei com ele. E daí? – Lágrimas se formaram em seus olhos. – Eu não queria que isso acontecesse... nunca pensei que cruzaríamos a linha...

– Você me disse que Emma foi uma surpresa... – soltei. – Que não queria ter filhos antes dos trinta...

O rosto dela empalideceu.

– Você estava no escritório hoje à noite, não é?

– Sim...

Silêncio.

– Então – eu disse, mentalmente juntando as peças do quebra-cabeça. – Ou você está mentindo para ele sobre minha incapacidade de lhe dar um filho, porque da última vez que verifiquei, logo antes de Emma ser milagrosamente concebida, você ainda estava me fazendo usar preservativo e não estávamos sequer tentando ter a porra de um filho, ou está mentindo para mim e só queria transar com meu melhor amigo por um motivo que está guardando para dizer mais tarde. Qual é a verdade?

– Eu ainda amo você, Liam, é só...

– Diga!

Ela não disse nada, apenas ficou lá com mais lágrimas caindo da merda dos olhos.

Levantei uma das pastas que já tinha lido por completo.

– Eu estava dando uma olhada nisso hoje à noite... No início, pensei que eram e-mails padrão que você assinava por mim enquanto eu estava fora ou sobrecarregado, pedidos padrão de material de escritório, coisas assim...

– Onde encontrou isso?

– Mas acontece que... – eu disse, ignorando a pergunta dela. – Acontece que isso são malditos favores de juízes e funcionários que não me lembro de ter pedido. Jamais.

– Liam...

– Há alguém nessa cidade com quem você não tenha trepado para conseguir algo em troca?

Ela olhou como se realmente tivesse que pensar para responder.

– Eu envio flores para você todos os dias... Todos-os-dias, porra. – Dei um passo para a frente. – Eu digo que te amo e que você me completa todos os dias e é isso que recebo em troca?

– Entendo como você se sente, Liam, mas...

– Não, você não entende nada, caralho! – disse, cerrando os punhos. – Jamais sequer passou pela minha cabeça ser amigo de outra mulher. Faço questão de garantir que todo mundo saiba que eu estou completamente indisponível, que ninguém mais tem uma porra de uma chance.

– Eu o traí para o seu bem, Liam. Fiz isso por você.

Que porra é essa?

Já ouvi muita besteira em minha vida, mas essa frase assumiu oficialmente o primeiro lugar.

– Como acha que ganhou o caso Luttrell? – Ela enxugou as lágrimas e estreitou os olhos para mim. – Acha mesmo que conseguiu a vitória com sua retórica premiada e seu charme?

– Você tem alguma porra de problema mental que esqueceu de me contar?

– Eu fodi o juiz três dias antes do veredicto. Você ia perder. E se você perdesse aquele caso, não havia chance de alguns de nossos clientes atuais entregarem suas contas para nossa empresa.

– *Nossa* empresa?

– Você acha que a construiu sozinho? – ela riu. – Liam Henderson, bondoso, leal e muito legal para seu próprio bem? Por favor. Eu tive de interceptar todos os contratos que você enviou e reformular metade dos termos. Se tivesse deixado isso em suas mãos, sua empresa não passaria de um sonho. Você deveria me agradecer, porque não tem ideia de quanto trabalho eu tive para colocá-lo na posição em que está hoje.

– Você nunca defendeu um único caso.

– Não, mas eu dei para um monte de gente poderosa para me certificar de que você nunca perderia um.

– Eu nunca perdi porque eu sou um advogado bom pra caralho.

– E eu sou boa pra caralho de foder. – Ela encolheu os ombros. – Claro, meu marido estava tão ocupado no último ano que provavelmente nem saberia.

– Está me culpando pelo fato de você sair distribuindo sua boceta por aí?

– Estou chocada com o fato de sequer saber o que significa a palavra "boceta" – ela sibilou. – Nós dividimos a cama todas as noites e você nunca quer me foder.

– Você sempre diz que está cansada. Ou isso é uma mentira também?

– Eu só estava cansada de dar para você. – Ela passou por mim e fechou a porta do quarto de Emma. – O que quer fazer agora, hein? Pedir o divórcio?

– Está falando sério?

– Sim – Ela sorriu enquanto batiam na porta.

Ambos permanecemos parados onde estávamos e a batida veio novamente.

– Vou atender – avisei. – Você fica aí.

Afastei-me e abri, esperando encontrar Kevin para poder espancar sua maldita cara de pau, mas era uma mulher.

Uma jovem loira.

– Você está.. humm... – Suas bochechas coraram. – Você foi...

– Intimado! – alguém disse do outro lado. – Diga-lhe que ele foi intimado...

– Você é uma estagiária do *The New York Times*, não é? – Revirei os olhos.

Ela assentiu com a cabeça, mas, em seguida, acrescentou.

– Meu chefe mandou informar que quer que você vá se foder. E que, embora jamais publiquemos sua imagem, vamos garantir que todos saibam que sua empresa está prestes a ser executada. A partir de amanhã. – Ela me deu a cópia de um artigo do jornal da próxima edição. – Ele mandou dizer também que é sua vez de sentir um pouco deste drama.

Bati a porta na cara dela.

– Acho que você precisa pesar seriamente suas opções antes de agir com a emoção – Ava estava bem atrás de mim, segurando Emma, que dormia.

– Isso é uma ameaça?

– É uma promessa...

Levantei a sobrancelha.

– E quais são exatamente os termos propostos?

– Se me ajudar a resolver isso, se tirar a CVM do nosso pé, podemos evitar as penas.

– Eu não vou cumprir porra de pena nenhuma. Eu não fiz nada de errado. E se você acha que não vou ser a primeira pessoa na fila para ajudar o Estado a colocar sua bunda na cadeia, está redondamente enganada, porra.

– Nossa... – Ela fez um beicinho, a porra de um beicinho. – Olhe para você. Tentando parecer todo masculino e durão, soando como o homem que eu desejava que fosse.

– Vá se foder, Ava.

– Sem chance. – Ela estreitou os olhos para mim. – Deixe-me tentar dizer isso de outra forma: eu sei que você é o Senhor Advogado do Ano e nunca mente porque tem uma consciência e essa merda toda. Mas, se não me ajudar, ou caso se recuse a alegar aos investigadores que era parcialmente responsável pelos acontecimentos, que todos nós temos uma pequena parte de responsabilidade, vou entrar com uma ação pedindo a guarda de Emma.

– Faça isso. Nenhum juiz em sã consciência vai lhe dar a guarda exclusiva.

Ela riu.

– Esse é o motivo de as pessoas foderem para que eu consiga o que quero, querido. Uma estratégia que vem a calhar em momentos como este. Além disso, você sequer é o verdadeiro pai dela. – Ela beijou a testa de Emma. – Você ouviu essa parte, enquanto observava Kevin me foder ou estava muito ocupado fazendo anotações?

Não tive chance de responder.

– Não brinque comigo, Liam – ela sussurrou. – Você não tem ideia de quão longe estou disposta a ir para escapar da prisão.

– Mesmo merecendo estar lá? – Peguei Emma dos braços dela, fazendo-a se agitar. – Você correu atrás de clientes usando meu nome e desviou o dinheiro. Para quê?

– Status. Algo que você nunca vai entender.

– Algo de que você nunca mais vai precisar – retruquei. – Todo mundo atrás das grades compartilha o mesmo nível de popularidade.

Ela revirou os olhos.

– Vou lhe conceder alguns dias para que recupere os sentidos.

– Ou então o quê?

– Não quer saber a resposta. – Ela saiu, batendo a porta atrás de si e acordando Emma.

Emma me olhou com seus olhos azuis brilhantes, sorrindo, e perguntou:

– Posso ir brincar?

Balancei a cabeça, incapaz até mesmo de falar. Levei-a para a varanda e não me incomodei nem mesmo em pegar um guarda-chuva para mim. Coloquei-a no chão e a ajudei com um casaco, tentando não pensar no que Ava poderia ter na manga.

Emma inclinou a cabeça para o céu e engoliu gotas de chuva. Depois, correu para longe de mim e começou a girar.

Um trovão rugiu alto, distante, e como se ela pudesse saber o que eu estava prestes a dizer, olhou para mim com um sorriso largo:

– Mais cinco minutos!

◆◆◆

O *The New York Times* não perdeu tempo e logo publicou a história. Bem, *as* histórias.

HENDERSON & HART, RESPEITADA FIRMA DE ADVOCACIA, ENVOLVIDA EM ESCÂNDALOS

HART CONCORDA EM COOPERAR CONTRA HENDERSON APÓS BRIGA EM BAR.

HENDERSON É PRESO E INTERROGADO APÓS ESPOSA DENUNCIAR VIOLÊNCIA DOMÉSTICA RECENTE.

A única história que eles não mencionaram, por um mínimo de respeito, foi minha perda da guarda de Emma. O fato de eu ter tido de entregá-la a Kevin.

Eu era inocente de todas as acusações que enfrentava, mas porque bati em Kevin e Ava afirmou que eu era violento daquela maneira com ela, o juiz não teve escolha a não ser colocá-la sob a custódia de seu suposto "pai biológico e amoroso, a pedido da mãe".

Pensei que isso duraria apenas uma ou duas semanas, ou um mês, no máximo, mas quando as acusações começaram a aumentar e o caso se arrastava nos tribunais a passo de tartaruga, os meses foram passando.

Para piorar a situação, Kevin e Ava levavam Emma de propósito para lugares que sabiam que eu frequentava: meus restaurantes favoritos, meu lugar favorito no Central Park, a ponte do Brooklyn...

Nos intervalos entre minhas idas ao tribunal, eu os seguia até o parque, resistindo à vontade de gritar com eles por deixarem-na tão perto das ruas, e rechaçando a vontade de pegá-la e fugir do Estado.

Em vez disso, porém, entrei com ações e mais ações, lutando em várias frentes ao mesmo tempo. Procurei cada brecha da lei de custódia e documentei todos os casos de pais não biológicos que mantiveram a guarda dos filhos.

Eventualmente, a verdade sobre o esquema de Ava e Kevin começou a vir à tona. No mesmo dia em que Ava confessou ter mentido sobre eu ter batido nela, assim que ela admitiu que tudo não passara de uma invenção, ganhei a guarda de Emma.

Faltavam três dias para seu aniversário de quatro anos, então, preparei uma festinha para ela e para alguns de seus amigos da vizinhança. O tema era floresta tropical, e as lembrancinhas eram guarda-chuvas e galochas, é claro.

Kevin, ainda ridiculamente proclamando sua inocência em relação às fraudes, tinha ficado bastante apegado a ela devido ao convívio ao longo dos últimos meses. Ele perguntou se ainda poderia vê-la nos finais de semana, uma vez que a tinha devolvido para mim. Eu sequer me incomodei em responder.

Kevin já a tinha visto o suficiente.

Do lado de fora do meu triplex, liguei para ele duas horas antes da festa de aniversário de Emma, certificando-me de que ele a traria na hora certa. Em vez de falar comigo, como um adulto faria, Kevin fez Emma repetir suas palavras para mim:

– "Estaremos aí em breve" – ela disse, com um sorriso em sua suave voz. – "Você pode, por favor, deixar a gente curtir nossas últimas horas sozinhos? Ela é minha filha, também."

– Vejo vocês em breve, Emma.

– Adeus, papai! – Ela desligou e eu reorganizei as lembrancinhas, pela enésima vez, cumprimentando os primeiros convidados e levando-os para a sala.

Meia hora se passou. Depois, uma hora inteira. E depois duas.

Liguei para Kevin, irritado com aquela besteira de pirraça, como se fosse sequer metade da dificuldade que tinha sido para mim, mas não houve resposta.

Irritado, liguei para a polícia. Em poucos minutos, policiais apareceram em minha porta.

– Você é Liam Henderson? – os policiais perguntaram.

– Sim, fui eu quem ligou.

Puxei a ordem judicial do bolso e expliquei o que estava acontecendo, disse que Kevin estava, tecnicamente, cometendo sequestro, mas eles me interromperam.

Não estavam na minha casa para saber mais sobre a reclamação.

Estavam ali para dar uma notícia.

Enquanto explicavam com calma o que tinha acontecido, contando que ela estava a menos de um quarteirão de distância de casa quando o carro colidiu com um caminhão, meu mundo parou.

Perguntei para qual hospital ela estava sendo levada, qual era a rota mais rápida, mas os policiais simplesmente suspiraram e olharam para além de mim, como se não quisessem continuar a explicação.

Não foi preciso.

Seus olhares diziam tudo.

◆◆◆

O funeral de Emma foi realizado em um dia cinzento e chuvoso, e foi outro duro golpe em meu peito. Permaneci ali, sentado, ouvindo os discursos das poucas pessoas com quem ela cruzara, seus jovens amigos que ainda tinham de compreender o significado da morte em sua plenitude.

A vizinha da casa ao lado, uma criança de quatro anos chamada Hannah, disse: "Espero que você volte na semana que vem, Emma. Você pode vir à minha festa de aniversário."

Olhei para o pequeno caixão enquanto eles o abaixavam. Metade de mim queria pular e ser enterrado junto dela. Pelo menos, então, eu não teria de sentir mais nada.

Enquanto as pessoas iam embora, um por um, batendo em meu ombro e me desejando condolescências, vi Ava entrando no cemitério.

Acompanhada por dois guardas, ela caiu de joelhos e começou a berrar quando chegou ao túmulo descoberto.

– Vocês fizeram eu me atrasar para o funeral da minha filha! – ela amaldiçoou os guardas. – Eu perdi o funeral dela... Como podem ser tão cruéis?

– Todas as licenças têm as mesmas limitações de horário, senhora – disse um deles, sem rodeios. – Não poderíamos ter saído mais cedo.

Ela balançou a cabeça e continuou chorando e batendo as mãos contra o solo. Como se precisasse se distanciar da culpa, levantou-se e caminhou em direção ao púlpito, às mensagens ali deixadas.

Ela desmoronou novamente e eu me afastei.

– Liam... – Ela estendeu os braços. – Ela realmente se foi, não é?

– Ela se foi – Recusei-me a consolá-la. – E é tudo sua culpa, Ava. Sua maldita culpa.

– Não acha que tenho ciência disso? – Ela fungou. – Você não acha que sinto isso?

– Devia ser você lá no chão agora. Devia ser você.

– Liam...

– Ela não merecia ser tirada de mim e você sabe disso.

– Eu sei... eu estava apenas...

– Tentando provar um ponto? Fazer o que fosse preciso para me machucar, porque você se fodeu e queria me derrubar junto?

– Podemos superar isso... Ainda podemos encontrar uma maneira de recuperar seu nome nesta cidade. Você é o melhor advogado que conheço... Sei que pode transformar tudo ao seu redor e talvez me ajudar também. Talvez me perdoar?

– Eu vou fazer tudo ao meu alcance para me certificar de que você apodreça na cadeia, para me certificar de que nunca seja solta e de que o conselho de condicional nunca tenha um pingo de compaixão.

– Você não quer dizer isso de verdade, Liam...

– Se algum dia eu encontrar uma maneira de sair impune de assassinato, você e Kevin serão minhas primeiras vítimas.

O guarda em nossa frente me encarou.

– Não fale assim, Liam...

– Meu nome não será Liam por muito mais tempo, só para você saber. Logo, vou me chamar Andrew.

– Está indo embora? Vai me deixar aqui?

– Deveria ser você no caixão agora... – Reparei que o funcionário do cemitério empilhava as cadeiras, sem pensar, já terminando o que para ele era apenas mais um enterro. – Deveria ser você...

Um dos guardas começou a falar com a equipe de funeral, perguntando se eles deviam deixar o local ou não. Percebendo que seu tempo ali era limitado, Ava se agarrou a mim.

– Liam, quer dizer... Andrew. É claro que você ainda me ama, porque está fazendo essas confidências a mim... Podemos reconstruir tudo o que tínhamos, podemos começar de novo, você e eu... Podemos fazer isso se me ajudar...

Peguei suas mãos e afastei-as enquanto um dos guardas se aproximou.

– Você sabe que meu lugar não é na cadeia – ela disse, chorando. – Eles vão me transferir para uma casa de detenção permanente na próxima semana... Salve-me, Andrew... Salve-me...

Sequer respondi.

– Se eu pudesse voltar atrás, juro... juro que não faria nada do que fiz. Você não acha que eu também amo a Emma?

– Amava – eu disse. – É passado agora, não acha?

Ela suspirou.

– Por favor, não me deixe...

– Não vou. – Dei um passo para trás para que os guardas pudessem acompanhá-la de volta para a van. – Vou escrever...

– Sério? – Seus olhos pareciam esperançosos enquanto se afastava. – Certo, eu vou esperar suas cartas... Estou ansiosa para que nossa relação possa ser consertada...

A chuva, que se transformara em apenas uma garoa, tornou-se mais forte, uma chuva torrencial. No entanto, permaneci parado, incapaz de me afastar de Emma. Reli sua pequena lápide. Chorava ao lembrar de seu rosto, que passava pela minha mente como um filme, agora já antigo.

EMMA ROSE HENDERSON
A garotinha do papai, para sempre.
Foi embora cedo demais
mas nunca será esquecida...

Encarei aquelas palavras por horas, deixando a chuva me encharcar por inteiro. Só parti quando um funcionário me informou de que os portões seriam fechados.

Perdido e com o coração em pedaços, passei os meses subsequentes em uma névoa vertiginosa. Apesar de Ava estar atrás das grades, os jornais continuavam publicando suas mentiras como se fossem fatos, caluniando-me. Nem mesmo me preocupava mais em argumentar.

Não tinha energia.

Enviei testemunhos escritos por advogados que tinha contratado, sabendo que, em algum momento, as coisas iriam se resolver. Não me importei com o fato de Ava ter contratado sua própria equipe de advogados para me impedir de obter o divórcio.

Eu não dava a mínima para nada.

Minha empresa entrou em colapso diante de meus olhos, tudo veio abaixo até as cotas serem vendidas. Na comunidade jurídica, a queda tornou-se um aviso, um conto do que acontecia quando o status e a ganância consumiam um de nós.

Passei a beber todas as manhãs, deixando o álcool entorpecer minha dor. E quando acordava do desmaio, bebia novamente. Foi só quando comecei a beber café que pude, de certa forma, voltar a funcionar bem o suficiente para fazer alguma coisa.

Visitar o cemitério era muito doloroso, quase tão doloroso quanto entrar no quarto de Emma. Então, contratei algumas pessoas para empacotar tudo, pedindo-lhes apenas para deixar de fora os quadros "E" e "H". Para eles eu suportava olhar, já que ela os tinha escolhido a dedo.

Durante meses, lamentei a vida que ela nunca teria, tentando dar algum sentido a tudo aquilo. Eu sabia, no fundo, que não podia ficar ali, mas também não podia ir embora como o mesmo homem que eu fora. Eu sabia que jamais superaria a perda de Emma, mas precisava, de alguma maneira, lidar com aquilo. Precisava encontrar um jeito de, lentamente, me reintegrar ao mundo real.

Diante de uma banca de jornal, meus olhos encontraram um artigo sobre Michael Weston, o mais novo advogado figurão da cidade. Vestido com um dos ternos caros de que tanto adorava, ele era o assunto da cidade e, pelo o que estava lendo, era arrogante – mas apenas ligeiramente mais arrogante do que eu havia me tornado recentemente.

– Ah, está com o último... – uma mulher disse parando a meu lado.

– Você quer este jornal?

– Bem... – Ela corou. – Não exatamente o jornal. Só o anúncio de Michael Weston para que eu possa mostrar o cara dos meus sonhos às minhas amigas.

– Já leu algumas das merdas que ele disse nesta entrevista? – Levantei a sobrancelha. – Ele é um idiota.

– E isso só o torna mais adorável, não acha?

– Perguntaram a ele o que faz quando recebe críticas negativas. – Eu não podia acreditar como aquela mulher era tão ingênua, porra. – Quer saber o que ele disse?

– Claro. – Ela cruzou os braços. – O que ele faz quando ele recebe críticas negativas?

– Ele olha para a conta bancária – respondi. – E depois diz, "não me lembro de saber que alguém precisa ser bem quisto para ser bem-sucedido". Ele realmente disse isso.

Ela praticamente derreteu na calçada.

– Aposto que ele sabe como foder...

Entreguei-lhe o jornal e fui embora. Ela trazer à tona o tópico "sexo" era um lembrete de quanto tempo fazia que eu não dormia com alguém.

E então caiu a ficha: sexo.

Eu precisava de algum, e com urgência.

Inscrevi-me em um site de encontros, o Date-Match, e lentamente fui mudando as características do homem que eu costumava ser. Comprei ternos caros, um para cada dia da semana. Comecei a controlar o excesso de bebida, devagar, para dar lugar a um novo apetite e, em vez de socar minhas paredes para me livrar do estresse, investi em charutos cubanos.

Ainda assim, as mulheres que conheci usando o aplicativo eram muito sem graça, e nenhuma delas parecia estar ali pelo sexo. Elas só queriam falar besteira, e sempre me deixavam inquieto no final da noite para beber minhas mágoas sozinho; obrigando-me a voltar à estaca zero.

Que nem a mulher sentada à beira da cama agora, uma tagarela. Ela era alguns anos mais velha do que eu, professora de alguma coisa. E não calava a boca por nada.

Contava sobre sua vida na faculdade, sobre um garoto chamado Billy que ela amou uma vez, um amor não correspondido. Antes que começasse a dissertar sobre o incêndio no campus no qual os dois se conheceram, percebi que eu não conseguía mais aguentar aquela merda toda.

– Billy e eu teríamos sido perfeitos juntos, eu acho – disse ela. – Houve até mesmo uma época em que...

– Vamos transar ou o quê? – eu a interrompi.

– O quê? – Ela cobriu o peito. – O que acabou de dizer?

– Perguntei se vamos transar ou o quê? – enfatizei cada sílaba. – Não reservei este quarto de hotel para me sentar e ouvir você falar merda a noite toda.

O queixo dela caiu.

– Pensei que... – ela gaguejou. – Pensei que você gostasse de mim.

– Eu gosto o suficiente para transar com você. Simples assim.

Seus olhos se arregalaram e ela deu um passo para trás.

– Todo esse tempo que estamos nos encontrando você queria apenas dormir comigo?

Adicionei mentalmente "perguntas retóricas" à lista de merdas que eu não ia tolerar mais.

– Fiquei com a impressão de que todos aqueles encontros que tivemos tinham sido...

– Todos os encontros que tivemos foram para que pudéssemos rascunhar a superfície das personalidades de cada um. Assim, pude saber que você não é uma psicopata assassina e você pôde ter a certeza de que eu também não sou um. – Fiz uma careta pensando no tempo que claramente havia desperdiçado. – O objetivo era que nós pudéssemos estar confortáveis o suficiente para foder e, depois, poderíamos seguir nossos caminhos. Separados.

– Ia ser apenas uma vez?

– Você tem algum problema de audição?

Ela parecia completamente perdida, e eu não estava com vontade de deixar aquilo mais claro.

Antes que pudesse dizer outra palavra, ela me fitou nos olhos.

– Então... – ela disse, ainda em choque. – Todas as coisas no seu perfil eram uma mentira?

– Não. Tudo no meu perfil é cem por cento verdade. – Peguei meu telefone. – Escrevi especificamente o que quero, e fui mais do que tolerante perdendo meu tempo aqui. Você parece ser uma pessoa agradável, mas depois de hoje à noite, fodendo ou não, não pretendo conversar de novo com você. Então, o que é que vai ser?

Ela ficou parada ali, seu queixo caiu mais uma vez enquanto eu olhava meu perfil no aplicativo.

Com certeza, eu tinha esquecido de ajustar as configurações padrão quando me inscrevi no aplicativo e no item "o que procuro" ainda havia um monte de besteiras assinaladas, como: conversas longas, uma conexão com alguém com quem eu possa me relacionar de verdade e encontrar um verdadeiro amor.

Ah...

Corri para apagar todo o texto e olhei para cima, percebendo que a mulher ainda estava no quarto.

– Se você continuar parada aqui – eu disse – Vou supor que quer trepar esta noite. Se não, a porta está bem atrás de você.

As bufadas que saíram de sua boca foram o último ruído que ouvi antes de a porta bater tão forte que foi capaz de sacudir o espelho na parede.

Imperturbável, pensei no que queria escrever naquele campo do meu perfil. Ao longo dos últimos meses, eu tinha acumulado decepção após decepção, desperdiçando uma grande parcela do meu tempo e do meu dinheiro com mulheres que não estavam na mesma sintonia que eu.

Agora tudo fazia perfeito sentido. Todos esses jantares desnecessários, todas essas conversas intermináveis e toda essa besteira estava prestes a terminar naquele momento.

Eu não precisava de outro relacionamento, esses dias se foram para sempre. Nunca passaria mais de uma semana conversando com a mesma mulher pelo telefone.

Quando o sol se pôs do lado de fora da janela do quarto do hotel, a ideia perfeita me veio e eu a digitei: "Um jantar, uma noite e nada mais".

Então, sublinhei a frase e coloquei-a em negrito.

Olhando para o texto, percebi como aquilo parecia cru, como alguém poderia, na verdade, pensar que eu estava blefando? Então, abaixo, deixei as coisas ainda mais claras: "Sexo casual. Nada mais, nada menos".

Perdoar (v.):

Esquecer e/ou ignorar falhas morais de outrem sem protestar, de modo que tais erros morais ou deveres legais tornem-se aceitáveis. Por exemplo, um empregador pode ignorar o funcionário que cobra um cliente em excesso, ou um policial pode fazer vista grossa quando seu parceiro faz uso de violência para resolver um problema.

Aubrey

Sentei-me no fundo da sala do tribunal e ouvi Andrew desmoronar na tribuna. Duas vezes, quando a defesa propositadamente trouxe Emma à tona, ele perdeu toda a compostura.

No entanto, quando vi seu olhar diante da simples menção ao nome dela, percebi sua profunda dor.

Mantive minha cabeça baixa durante o resto de seu testemunho para que nossos olhares não se encontrassem, para que ele não soubesse que eu estava ali. Quando o juiz pediu um breve recesso, corri para fora.

Repórteres murmuravam nos corredores, esperando que ele não tivesse lido nenhum de seus antigos artigos sobre ele anos atrás e, de repente, começaram a berrar perguntas.

– Senhor Henderson! Senhor Henderson! – Os repórteres o perseguiram no segundo em que ele saiu da sala do tribunal. – Senhor Henderson!

Ele parou e olhou para eles.

– Meu nome é senhor Hamilton.

– Como o senhor se sente com a possibilidade de enviar o seu ex-sócio e melhor amigo para a cadeia?

– Ele está enviando a si próprio para a cadeia – ele respondeu.

– Você tem intenções de voltar a ter contato com Kevin quando ele estiver atrás das grades?

Ele ignorou essa pergunta com um olhar vazio.

– O senhor foi inocentado anos atrás e ainda assim decidiu deixar Nova York – alguém perguntou. – Agora que está tudo se resolvendo, alguma chance de voltar e reabrir sua empresa?

– Estou prestes a passar a minha última hora nesta cidade, a caminho do aeroporto – disse ele com olhos sombrios.

A multidão de repórteres o seguiu para fora do tribunal e ele deslizou para dentro do carro sem olhar para trás.

Suspirando, peguei meu telefone e reli as mensagens que ele me enviara naquela manhã, lamentando um pouco por não tê-las respondido.

```
Assunto: NYC

Gostaria de vê-la uma última vez antes
de partir. Posso buscá-la para o café
da manhã?
```

P.S.: Eu realmente ia lhe contar tudo naquela noite...

Andrew

Assunto: Sua boceta

Esta mensagem na verdade não é sobre sua boceta. (Embora, já que toquei no assunto, ela ocupa a primeira posição na minha lista de coisas favoritas.)

Venha tomar o café da manhã comigo. Estou do lado de fora da sua porta.

Andrew

Quando eu estava relendo esse e-mail, um novo apareceu em minha tela:

Assunto: Adeus

Andrew

Eu sabia que a minha falta de resposta era imatura, que era minha decisão não encontrá-lo antes de ele ir embora, mas sentia que ele poderia ter tentado mais uma vez. E ainda achava errado que não tivesse sido honesto comigo quando deveria.

Saindo do tribunal, fui para casa e pensei em todas as meias verdades e em todas as mentiras que rondavam nosso relacionamento. Alyssa. A esposa dele. Meu verdadeiro nome. O verdadeiro nome dele.

Tudo o que tivemos fora construído sobre mentiras...

Deixando lágrimas rolarem por meu rosto, abri a porta de casa, preparada para tomar banho e chorar até não poder mais, mas Andrew estava em pé na minha sala de estar.

– Olá, Aubrey. – Ele olhou para mim.

– Invasão domiciliar é crime. – Cruzei os braços. – Você não deveria saber disso?

Ele não disse nada, apenas continuou olhando para mim, de cima a baixo.

– Você não tem de pegar um avião? – minha voz falhou. – Não deveria estar gastando sua última hora em Nova York a caminho do aeroporto?

– Percebi que ainda tenho algo a lhe dizer.

– Você tem outro nome falso que queira me contar? Outra identidade secreta que queira...

– Pare. – Andrew foi se aproximando até eu ficar contra a parede enquanto olhava diretamente dentro de meus olhos. – Preciso que você me ouça, Aubrey. Apenas me ouça, porra...

Tentei me afastar, mas ele segurou minhas mãos e as colocou em cima de minha cabeça. Em seguida, usou o quadril para me manter imóvel.

– Você vai ficar aqui e me ouvir pelos próximos cinco minutos, quer goste disso ou não. – As palavras saíram apressadas, aquecidas. – Já que, de repente, você se preocupa em saber a verdade, vou lhe contar a porra da verdade...

Tentei dizer alguma coisa, mas ele se inclinou e mordeu meus lábios. Com força.

– Eu gostava quando você era Alyssa e eu era Thoreau, quando passávamos noites falando de sua casa ridícula e de meu escritório... Eu até gostava de você depois que mentiu para mim e eu a vi na entrevista, eu gostava de você... – Ele apertou ainda mais meus pulsos. – E mesmo que eu saiba que não deveria tê-la perseguido e invadido seu apartamento naquele dia, eu o fiz, e fodi você... Depois disso, realmente gostei de você.

– Está falando sério agora?

– Sério pra caralho. – Ele olhou para mim e mordeu meus lábios de novo, silenciosamente, ordenando-me que ficasse quieta. – Eu não queria gostar de você, Aubrey. Eu não devia nem precisava, mas todos os dias, depois disso, depois de ter trepado com você naquela noite contra a parede, você é tudo em que consigo pensar. Você e sua boca espertinha; e acho que suas mentiras não foram tão ruins assim.

– E as suas mentiras? Ainda acha que está acima da moralidade? Que...

– Espere – ele me censurou. – Ainda não terminei.

Engoli em seco e ele me encarou por alguns segundos antes de continuar.

– Sim, escondi o fato de ter sido casado e, embora não tenha feito com esta intenção, ainda assim foi uma mentira.

– A grande mentira.

– Aubrey... – Ele me segurou mais forte. – Não pensava em Ava há muito, muito tempo... Pelo contrário, só pensava em você todos os dias desde que me deixou.

– Não, você não pensou...

– Pensei, sim. – Ele olhou diretamente em meus olhos. – Fui até a sua aula de balé duas vezes por semana, tentei encontrar você, falar com você e pedir desculpas... mandei coisas para o seu apartamento. Até mesmo apareci lá duas vezes, mas isso foi antes de saber que você havia se mudado.

– Só está dizendo tudo isso para me foder uma vez mais... – Sacudi a cabeça e me afastei, mas ele me fez encará-lo novamente.

– Eu estou dizendo tudo isso porque eu te amo...

Engoli em seco e lágrimas se formaram em meus olhos.

– Eu te amo pra caralho, Aubrey... – ele repetiu, limpando meu rosto. – E vou fazer o que for preciso para mostrar isso para você. – Ele roçou os lábios contra os meus. – Você ainda me ama?

– Não, não amo... não mais... – Senti seus lábios contra os meus, silenciando-me com a língua já dentro da minha boca.

Não queria beijá-lo de volta, eu queria me afastar e mandá-lo embora, mas abri meus lábios e deixei sua língua deslizar para dentro da minha boca.

Lentamente, ele soltou meus punhos e apertou os braços fortes em volta da minha cintura, mantendo sempre os lábios colados aos meus. Ele não me deu a oportunidade de falar, de respirar. Apenas me beijou até que eu não aguentasse mais.

– Se puder dizer com sinceridade que não me ama... – ele sussurrou, lentamente se afastando de mim. – Então, eu deixo você em paz.

– E se eu não puder? – perguntei, sem fôlego.

– Se não puder, vai me mostrar o caminho para seu quarto agora para que possamos nos reconectar.

– Reconectar? – gemi quando ele segurou forte minha bunda. – Isso é uma gíria para "conversa"?

– É uma gíria para "foda".

– Você morreria se dissesse algo mais romântico pelo menos uma vez?

– Depende se você realmente me ama ou não.

Silêncio.

Seus dedos já estavam trilhando o zíper na parte de trás de minha saia, puxando-o suavemente enquanto eu olhava em seus olhos.

– Eu te odeio – eu disse, impelindo-o erguer a sobrancelha. – Se tiver dito todas essas coisas só para me dar esperanças, nunca vou perdoar você.

– Você ainda não perdoou... – ele me beijou com delicadeza. – Eu quis dizer cada uma das palavras que disse. – Ele abriu o zíper, puxando-o para baixo. – E realmente preciso saber se você ainda me ama ou não, porque... – ele parou de falar.

Minha saia caiu no chão e ele puxou minha calcinha da minha cintura, fazendo o elástico estalar.

– Aubrey, me diga... Diga agora.

Engoli em seco quando ele deslizou um dedo dentro de mim, enquanto gemia e rosnava ao perceber quanto eu estava molhada.

– Sim...

– Sim? – Ele moveu o dedo para dentro e para fora.

– Sim, o quê?

– Sim, eu... – interrompi a frase quando ele beijou meus lábios. – Sim, ainda te amo.

– Onde fica o seu quarto?

Olhei para a esquerda e ele imediatamente me puxou pelo corredor, fechando a porta atrás de nós.

Ele não me deu a chance de tirar a roupa. Suas mãos enormes já estavam em cima de mim, desabotoando minha blusa, arrancando meu sutiã e acariciando meus seios.

Estiquei-me e abri sua calça, empurrando-a para baixo. Então, ele me jogou na cama e subiu em cima de mim.

Debaixo dele, abri minhas pernas, levantando o quadril para que ele pudesse me foder, mas ele não o fez. Em vez disso, beijou meu pescoço, sussurrando quanto sentia minha falta, quanto precisava de mim.

– Andrew... – Senti seu pênis roçando contra minha coxa.

Ele moveu lentamente a boca, girando a língua em meus mamilos entumecidos e apalpando meus seios. Seus beijos seguiram todo o caminho até minhas coxas.

Fechei os olhos quando ele pressionou a língua em meu clitóris, quando ele, provocativamente, arremessou-a contra ele em círculos lentos e deliciosos.

– Ahhhh... – Tentei apertar minhas pernas, mas ele as prendeu no colchão e olhou para mim.

– Aubrey... – sua voz era baixa e rouca.

– Sim?

Ele girou o polegar em meu clitóris, deixando-o inchado de prazer. – Diga-me que isso é meu.

Fechei os olhos quando ele aumentou a pressão, esfregando mais e mais o polegar ao redor.

– Diga-me que a sua boceta é minha, Aubrey.

– Sim... – Eu me contorci debaixo de sua mão grande. – Sim...

– Diga, Aubrey – Ele me segurava, impedindo meus movimentos. – Eu preciso que você me diga isso.

Arrepios percorreram minha coluna para cima e para baixo e eu finalmente olhei para ele.

– Sim... Ela é sua.

Ele sorriu e pressionou sua cabeça entre minhas pernas de novo, devorando-me, fazendo-me gritar a pleno pulmões, enlouquecida. Mas não me deixou gozar.

Em vez disso, virou-me de costas e ordenou:

– Fique de quatro.

Prendi a respiração e lentamente obedeci. A próxima coisa que senti foi ele apalpando minha bunda e beijando minhas costas.

– Eu ainda não reivindiquei cada centímetro de você... – ele disse, apertando minhas nádegas com força. – Mas eu vou guardar isso para quando achar que está pronta...

Murmurei enquanto ele deslizava em minha boceta cada centímetro de seu pau enorme, fazendo-me inclinar para a frente. Ele tirou o elástico de meus cabelos e me puxou para trás, sussurrando:

– Vai ter a mesma sensação que essa... Talvez ainda melhor...

– Ahhhh...

– E quando isso acontecer, você vai me deixar gozar dentro de você... – Sua outra mão deslizou e apertou meus seios. – Eu quero que você sinta até a última gota da minha porra dentro de você...

– Andrew. – Agarrei os lençóis.

– Sim?

Não respondi. Eu não podia.

Ele estava batendo em minha bunda enquanto enfiava o pau mais e mais dentro de mim, fodendo-me com força enquanto sussurrava meu nome.

Olhamos-nos nos olhos, incapazes de deixar de lado o lençol, e quando senti que estava prestes a gozar, enquanto ele torturava meu clitóris com os dedos, ele me negou o orgasmo mais uma vez.

Ele saiu de mim, fazendo-me gemer e então me fez encará-lo mais uma vez. Enterrando-se imediatamente dentro de mim, Andrew me olhou nos olhos, deslizando lentamente o pau para trás e para a frente, sufocando meus gritos com a boca, com a língua.

Senti seu pau pulsando dentro de mim, senti os músculos de minha boceta apertando-o enquanto ele gemia em meus lábios. E quando cruzamos nossos olhares novamente, ambos gozamos ao mesmo tempo.

Caí para a frente contra o seu peito, ofegante.

– Andrew, eu...

Ele me interrompeu com um beijo.

– Eu também te amo...

Ficamos deitados ali, unidos pelo o que parecia uma eternidade, ele passando os dedos em meus cabelos, eu esfregando as mãos em seu peito.

– Tudo bem? – ele perguntou.

– Sim...

Ele saiu da cama e se levantou para jogar fora o preservativo.

– Venha aqui.

Eu não podia me mover. Ainda estava me sentindo fraca por causa desse último orgasmo.

Ele balançou a cabeça e deslizou as mãos por baixo de minhas coxas, pegando-me e carregando-me para fora do quarto, verificando cada porta que passamos. Quando chegamos ao banheiro, ele me colocou no chão.

– Não acho que consigo ficar de pé tempo suficiente para tomar um banho... – sussurrei.

Ele me ignorou e ligou a água.

– Não vamos tomar um banho. – Ele me colocou delicadamente na banheira.

Inclinando-se atrás de mim, agarrou uma garrafa vazia e encheu-a com água morna. Depois, gentilmente derramou sobre minha cabeça.

Pegou um pouco de xampu da prateleira e esguichou algumas gotas em meus cabelos, ensaboando-os.

Ele me fazia perguntas, algo sobre como estava me sentindo ou se eu queria falar com ele sobre o que quer que tivesse em minha mente, mas conforme seus dedos continuaram a massagear meu couro cabeludo, tudo ficou escuro.

◆◆◆

Acordei na cama, sozinha.

Não havia recado de Andrew e todas as suas roupas tinham desaparecido.

Eu estava começando a pensar que aquela transa deliciosa tinha sido apenas um sonho, mas vi a carteira dele em cima da mesinha de cabeceira. Puxei as cobertas e sorri quando percebi que ele tinha me vestido com uma camisola de seda.

Saí do quarto e caminhei até onde ele estava, de pé, na varanda, fumando um charuto.

– Desde quando você fuma? – Dei um passo atrás dele.

– Não fumo com muita frequência – ele disse. – Só quando preciso pensar.

Balancei a cabeça e olhei para o céu da noite, mas de repente senti ele me puxar.

– Não vai perguntar sobre o que estou pensando? – ele sorriu. – Certamente tem várias perguntas.

– Tenho sim, *Liam*.

– Podemos falar sobre isso.

– Agora?

– Se é isso que você quer... – Ele largou o charuto e me levou até uma cadeira, puxando-me para seu colo. – Há quanto tempo você sabe?

– Algumas semanas...

– Humm.

Balancei a cabeça.

– Bach e Greenwood sabem quem você realmente é?

– Sabem.

– Então, por que tem de esconder isso de todos os outros?

– Advogado estimado ou não, ninguém quer aceitar alguém que tem uma história nos jornais... É ruim para uma empresa de alto nível. – Ele beijou a parte de trás do meu ombro.

– Como era Emma?

Ele suspirou, olhando para mim.

– Ela era perfeita...

Pensei em uma maneira de mudar de assunto, mas ele continuou falando.

– Ela odiava quando eu ia para o trabalho, e às vezes me implorava para ir junto, então, eu a levava... – sua voz era baixa. – E não conseguia fazer nada, porque o parque ficava do outro lado da rua e ela sempre queria brincar... Sempre.

– Ela ficava atrás de você em casa? – perguntei.

– Ela era minha sombra. Ia dormir no sofá se eu estivesse trabalhando e, se me visse sair da sala para atender um telefonema, cruzava os braços e olhava ofendida se não a convidasse para ouvir. – Ele soltou uma risada curta e não disse mais nada.

– Posso perguntar uma coisa? – Debrucei-me contra seu peito.

– Se eu disser que não, não acho que vou impedi-la...

– Para onde vamos de agora em diante?

– O que quer dizer?

– Quero dizer... O que acontece agora com a gente?

Ele olhou para mim, confuso.

– Nós?

– Estamos em um relacionamento? Você vai ficar comigo ou vai voltar para o aplicativo de encontros?

Ele olhou para mim por um longo tempo.

– Não posso ficar em Nova York, Aubrey. Acho que você entende que...

– Você não tinha planos de ficar além dessa noite, não é?

– Não.

– E vai embora pela manhã?

– Sim. – Ele tentou beijar meus cabelos, mas me afastei.

– Então isso foi algum tipo de forma de se corrigir com a Aubrey antes de ir embora? Dizer todas as coisas certas para poder se sentir melhor consigo mesmo quando partir?

– Eu queria que você soubesse que eu te amava antes de partir.

– E queria conseguir uma boceta extra, é claro.

– É claro – ele sorriu, mas não devolvi seu sorriso.

– Eu disse para não alimentar minhas esperanças, Andrew. – Dei um passo para trás. – E você fez isso mesmo assim.

– O que quer que eu faça, Aubrey? More com você? Quer uma porra de um pedido de casamento?

– Eu quero que você fique... E se você não pode ficar, quero que saia... agora.

– Aubrey...

– Agora – eu disse, enfática. – Ainda podemos ser amigos, mas eu não quero...

– Pare. – Ele me puxou para perto e pressionou a boca contra a minha. – Somos mais do que amigos... sempre fomos. Eu simplesmente não posso ficar com você agora, aqui.

Abri a boca para protestar, mas ele me beijou de novo e de novo, sussurrando enquanto acariciava meus seios.

– Eu realmente preferiria passar o resto da noite na cama e não discutindo...

Suspender (v.):

Adiar os procedimentos, suspender indefinidamente os trabalhos de um tribunal, legislatura ou comitê.

Aubrey

Semanas mais tarde...

Eu estava na ponta dos pés nos bastidores, inclinando a cabeça em direção ao teto, ensaiando o movimento final da produção uma última vez. Deveria estar feliz e sorridente, radiante com o fato de estar prestes a estrear o papel principal em uma produção da Companhia de Balé de Nova York, mas eu não estava. Longe disso.

Sentia-me sozinha e sabia que não importava o número de aplausos ou elogios, esse sentimento continuaria ali, em mim.

Eu ainda estava presa a meus últimos momentos com Andrew: o sexo de manhã cedo no chuveiro, o sexo contra a porta da sala, o sexo no carro no caminho para o aeroporto. (E teve também a última brincadeirinha no banheiro do aeroporto...)

Ele disse que me amava todas as vezes, que não queria me deixar, mas me deixou mesmo assim.

Nosso relacionamento estava agora rebaixado a conversas pelo telefone todas as noites, nas quais recapitulávamos nossos dias e gozávamos com as fantasias de cada um, mas não era o suficiente. E sabia que aquilo não se sustentaria por muito tempo mais para mim.

Eu precisava dele aqui comigo.

– Quarenta minutos, pessoal! – Um assistente de palco passou por mim. – Tomem seus lugares em quarenta minutos!

Respirei fundo e caminhei até um espelho que estava pendurado perto da entrada do palco. Olhando fixamente para mim, visualizei, além do traje que usava, um rosto branco reluzente que parecia ter sido arrancado de um sonho: cristais brilhantes enfeitando cada centímetro do *collant*, o *tutu* recentemente afofado e pulverizado com glitter e minha faixa de penas na cabeça bem mais delineada e profusa do que a que eu tinha usado em Durham.

– Aubrey? – disse uma voz familiar atrás de mim.

– Mãe? – Virei-me. – O que está fazendo aqui nos bastidores?

– Queríamos vir lhe desejar boa sorte pessoalmente – ela apontou para meu pai.

– Obrigada...

– Também queremos que saiba que, apesar de ainda querermos que continue a faculdade de Direito, estamos muito orgulhosos por você perseguir seus próprios sonhos.

Sorri.

– Obrigada, mais uma vez.

– E também estamos muito, muito honrados em tê-la como nossa filha, porque é uma inspiração para todos os estudantes universitários que irão comparecer às urnas nas eleições deste ano, alunos que têm sonhos e ambições semelhantes em relação à carreira nas artes.

– O quê?

– Você filmou tudo isso? – Ela se virou para o repórter atrás de nós que estava fechando sua câmera. – Certifique-se de usar a última parte como um slogan para o próximo comercial.

– Isso é sério?

– O quê? – Ela encolheu os ombros. – Eu quis dizer cada palavra que disse, mas também é bom registrá-las, não acha?

Não me incomodei em responder.

Meu pai se aproximou e me abraçou, posando para uma oportuna foto falsa, mas quando o fotógrafo se afastou, ele sorriu.

– Estou feliz por você, Aubrey – disse ele. – Acho que este é o lugar ao qual você pertence.

– Só está dizendo isso porque acha que eu estar aqui significa que não vou atrapalhar a campanha em casa.

– Não, tenho certeza de que estar aqui significa que você não vai atrapalhar a campanha em casa – ele riu. – Mas ainda assim estou feliz por você.

– Que reconfortante...

– É verdade – minha mãe entrou na conversa. – Estamos felizes por você.

– Senhoras e senhores, estamos prestes a começar nosso show em exatamente uma hora! – o senhor Ashcroft berrou. – Se você não é uma bailarina, um dançarino ou um assistente de palco, por favor, encontre o caminho para fora do meu palco. Agora!

Meus pais me abraçaram, segurando-me por um longo tempo. Quando me largaram, revezaram-se beijando minha bochecha antes de se afastarem.

Ajustei minha faixa na cabeça uma última vez e verifiquei meu telefone. Havia um e-mail, claro. Andrew.

Assunto: Boa sorte

Desculpe-me por não estar presente em sua noite de estreia, mas estou ansioso para ouvir como foi hoje à noite, quando me ligar.

Tenho certeza de que você vai ser inesquecível para todos na plateia.

Andrew

P.S.: Sinto sua falta.

Assunto: Re: Boa sorte

Não vou ligar esta noite. Você deveria estar aqui. Vou *pensar* se conto como foi na semana que vem.
Aubrey

P.S.: Você estar "sentindo minha falta" seria muito mais convincente se o assunto do e-mail que me enviou há duas horas não tivesse sido "Sinto falta da sua boceta".

Assunto: Re: Re: Boa sorte

Eu sei que deveria estar aí. Daí o pedido de desculpas acima mencionado.
E você vai me ligar.
Andrew
P.S.: Sinto falta das duas coisas.

Assunto: Re: Re: Re: Boa sorte

Eu realmente queria que você estivesse aqui...
Aubrey

Desliguei o telefone de modo que não visse mais as mensagens ele. Eu precisava me concentrar.

Todos os ensaios e aulas de dança que tive ao longo dos últimos vinte e dois anos me levaram até aquele momento. Em trinta e seis minutos, meu desempenho seria apresentado para uma das maiores audiências no mundo da dança.

Isso atrairia comentários dos mais dedicados críticos, os maiores admiradores do balé e os jornais veiculariam as primeiras críticas que poderiam garantir o sucesso ou o fracasso do resto da temporada. Mas, naquele momento, nada disso importava.

Era meu sonho, o sonho que eu estava finalmente vivendo, e eu só podia ter certeza de que faria o melhor possível.

– Está pronta, senhorita Everhart? – Ashcroft colocou as mãos sobre meus ombros. – Está pronta para mostrar a essa cidade que esse é o seu lugar?

Balancei a cabeça.

– Sim, muito, senhor.

– Bom, porque estou pronto para que eles vejam isso também. – Ele bateu palmas acima da cabeça, sinalizando para que o resto dos dançarinos circulasse. – Senhoras e senhores, a temporada está oficialmente aberta. Vocês trabalharam duro durante meses, dedicando-se por cada hora necessária e mais algumas, e acredito que a execução de hoje de *O Lago dos Cisnes* será a melhor que este público vai ver na vida. – Ele fez uma pausa. – Se não for, vou garantir que vocês paguem por isso no ensaio de amanhã de manhã.

Houve alguns sussurros. Sabíamos que ele não estava brincando. Ele concluiu:

– Vou estar sentado na baia no centro do palco e não vou bater nenhuma palma sequer, mostrar nenhum indício de aplauso, se o show não for nada menos do que perfeito. Estamos entendidos?

– Sim, senhor – murmuramos em coro, ainda intimidados por seu poder.

– Ótimo. Tomem seus lugares. Agora. – Ele se afastou de nós e estalou os dedos. – Façam com que eu me orgulhe.

Assumi meu lugar no centro do palco e virei de costas para a cortina com as mãos levantadas acima da cabeça. Ouvi a orquestra fazendo os ensaios finais, o pianista repetindo o refrão que errara no ensaio daquela manhã e, depois, o silêncio.

Um silêncio ensurdecedor.

As luzes piscaram na galeria, lentas no início, mais rápido em seguida, e tudo ficou escuro.

Cinco... quatro... três... dois...

O pianista tocou a primeira estrofe da composição e as cortinas subiram, direcionando o brilho dos holofotes para as minhas costas.

Os cisnes, vinte bailarinas vestidas com *tutus* completamente brancos, formaram um círculo em volta de mim, e elas ficaram na ponta dos pés, inclinando a cabeça para trás. Então, virei-me lentamente para o público, parando, observando todos aqueles rostos sem nome antes de enfim me deixar perder em meu próprio mundo.

Eu era Odette, a rainha cisne, e estava me apaixonando por um príncipe à primeira vista, dançando com ele debaixo de uma esfera de luzes brilhantes, dizendo que ele precisava jurar seu amor por mim se quisesse quebrar o feitiço que me acometera.

Os suspiros da plateia podiam ser ouvidos sobre a música, mas mantive meu foco.

Passei perfeitamente do doce cisne branco, que queria apenas se apaixonar, para o cisne negro, o cisne mau, Odile, que só queria impedir que isso acontecesse.

Representei amor, desgosto e devastação ao longo de duas horas sem parar para recuperar o fôlego, sem perder uma batida sequer.

Na cena final, na qual o amor da minha vida jura morrer comigo em vez de honrar a sua promessa equivocada ao cisne negro, não pude evitar e me desviei da coreografia.

Em vez de tomar sua mão e deixá-lo me levar para a "água", pulei em seus braços, deixando-o me segurar no alto para que todos os outros cisnes vissem. E, então, giramos em direção ao esquecimento, "morrendo" juntos.

A música começou a diminuir, sombria e leve, e as luzes se apagaram, encerrando tudo com escuridão.

E silêncio.

De repente, um aplauso estridente surgiu da plateia junto com gritos e elogios... "Bravo!", "Bis!", "Bravíssimo!" eram as palavras que ecoavam nas paredes do recinto.

As luzes do palco foram acesas e fiz uma reverência, olhando para um mar de rostos entretidos: senhor Petrova estava à frente e no centro, balançando a cabeça enquanto aplaudia, murmurando: "Bom trabalho, bom trabalho". Minha mãe estava secando uma lágrima e olhando para o meu pai, como quem dizia: "Essa é a nossa filha". Mesmo o senhor Ashcroft, ainda de cara fechada, estava de pé, aplaudindo, parando assim que seus olhos encontraram os meus. "Bravo", observei-o murmurar antes que se afastasse.

Mantive um sorriso estampado no rosto enquanto fazia uma varredura no local, procurando a única pessoa que queria, a única pessoa que *precisava* ver, mas ele não estava lá.

– Obrigado, senhoras e senhores, por fazerem parte da nossa noite de estreia – uma das diretoras disse quando subiu ao palco. – Como manda nossa tradição em noites de abertura, vamos agora apresentar os membros da nossa equipe para vocês...

Tentei focar nas apresentações, tentei me concentrar em outra pessoa que não Andrew, mas quando estava levantando minha cabeça de outra reverência, finalmente o vi.

Ele estava lá na primeira fila, no último assento do lado esquerdo. Estava olhando para mim e sorrindo, murmurando "parabéns".

– E por último, mas não menos importante, nossa protagonista da noite e a nova cara da Companhia de Balé de Nova York: Aubrey Everhart! – disse a diretora no microfone e o público aplaudiu ruidosamente.

– Senhorita Everhart? – ela me cutucou, sussurrando. – Senhorita Everhart, você precisa fazer sua reverência final e deixar o palco...

Mas, é claro, não me movi. Continuei olhando para Andrew.

– Senhorita Everhart? – ela sussurrou com mais ênfase. – Faça uma reverência e vá para os bastidores... *Agora*...

Afastei-me dela e fui direto em direção a Andrew, descendo delicada porém incisivamente os degraus laterais do palco. E, então, eu estava diante dele, olhando dentro de seus olhos, ignorando já os murmúrios confusos que vinham, estáticos, da multidão.

A diretora disse mais algumas palavras, o senhor Ashcroft fez seus cumprimentos e as cortinas se fecharam sem mim.

Quando o público deu um aplauso final e começou a sair da sala, consegui finalmente encontrar a minha voz.

– Pensei que você tivesse dito que não viria... – sussurrei. – Veio aqui só para ver o espetáculo ou para ficar um pouco mais?

– Vou ficar um pouco mais.

– Quer dizer permanentemente?

– Não. – Ele limpou minhas lágrimas. – Quer dizer que vou ficar aqui até você perceber como esta cidade é terrível, até você estar pronta para ir embora.

– Assinei um contrato de três anos.

– Todo contrato é negociável. – Ele sorriu e me puxou para os seus braços. – E se não pedir desculpas por arruinar os créditos finais hoje à noite, eles podem demiti-la...

– Onde vai trabalhar? – perguntei. – Vai continuar exercendo o Direito?

Ele beijou meus lábios.

– Vou dar aulas na Universidade de Nova York.

– O quê? – Meu coração sentiu imediatamente pelos futuros alunos. – Por quê?

– Como assim "por quê"?

– Você é um péssimo professor, Andrew... Todos os estagiários da GB&H odiavam você.

– Não dou a mínima.

– Estou falando sério... – Eu estava mesmo preocupada. – Acho que você deveria reconsiderar. Dar aula não é para qualquer um, então...

– Em primeiro lugar – ele disse, cortando-me e apertando o abraço forte em volta de mim. – Sou um puta de um professor. Só depende do assunto, claro... – Ele arrastou seu dedo em meus lábios. – Lembro-me de ensiná-la a fazer muito bem uma coisa...

Corei.

– Em segundo lugar, na última vez que verifiquei, todos os estagiários na GB&H eram bastante incontroláveis e estúpidos como mulas... Todos, com exceção de uma.

– Aquela que era uma puta de uma mentirosa?

– Sim – ele disse. – A própria.

– Ouvi dizer que ela quebrou todas as regras. – Levei a mão até seu rosto. – Ouvi dizer que ela acabou com a regra de um jantar, uma noite e nada mais...

– Tenho certeza de que não acabou.

– É mesmo? – estreitei os olhos para ele. – Ainda está acontecendo? Esse ainda é o seu lema pessoal?

– Até certo ponto – ele disse, pressionando os lábios contra os meus. – Já que ainda gosto de como isso soa e já que vou namorar apenas com ela de agora em diante, acho que vou substituir a palavra "nada" por "tudo"...

Epílogo

Andrew

Seis anos depois...

Nova York, NY

Eu estava na frente de uma turma na Universidade de Nova York, contando os segundos e me perguntando por que havia concordado com isso.

– Alguma pergunta? – Olhei para o relógio.

Várias mãos se ergueram.

– Só vou responder a três. – Apontei para uma jovem mulher na primeira fila. – Sim, você. Qual a sua dúvida?

– Hum... – ela corou. – Bom dia, Professor Hamilton. Meu nome é...

– Não me importo qual é seu nome. Qual é a sua pergunta?

– É que já faz cerca de duas semanas que o semestre começou e você ainda não nos deu o programa do curso...

Ignorei-a e apontei para um atleta na fila de trás.

– Sim?

– Você também não nos disse quais os livros que precisamos comprar...

– Alguém nesta sala de aula sabe a definição da palavra "pergunta"? – Escolhi o último aluno, uma ruiva sentada perto da janela. – Sim?

– É verdade que seremos obrigados a nos revezar para lhe trazer café todos os dias?

Olhei para a caneca de café na minha mesa e para a lista de presença que marcava o aluno que o trouxe hoje.

– Não é uma exigência – eu disse, pegando a caneca. – Mas se você faltar no seu dia de me trazer café, vou garantir que todos da turma se arrependam.

Eles gemeram em uníssono e balançaram a cabeça. Alguns ainda estavam com as mãos levantadas, mas eu já tinha oficialmente acabado por hoje.

– Leiam as páginas 153 até a 260 da cópia que lhes entreguei para a próxima aula. Espero que saibam os prós e os contras de cada caso. Tenham um bom dia. – Saí, sem dizer mais nada.

Quando entrei no carro, vi um novo e-mail em meu celular.

Assunto: Banheiro

Obrigado por me enviar esse bilhete muito inadequado com as flores hoje. Todos do meu grupo agora sabem que ainda temos que transar em nosso banheiro novinho.

Por que você é tão ridículo?

Aubrey

Assunto: Re: Banheiro

De nada pelas flores. Espero que tenha gostado.

E não foi um "bilhete" o que lhe enviei. Foi uma ordem que está prestes a ser executada dentro de algumas horas.

Por que você nega que adorou?

Andrew

Eu podia imaginá-la revirando os olhos enquanto lia minha última mensagem, então acelerei o carro e corri de volta para nossa casa.

Mesmo tendo passado os últimos seis anos aqui, eu ainda estava desenvolvendo a tolerância com as coisas que antes odiava, coisas que agora me incomodavam cada vez menos, mas ainda havia um longo caminho a ser percorrido.

Algumas memórias nunca podem ser substituídas...

Aubrey, porém, estava completamente seduzida e encantada pela cidade. Quando não estava em turnê com a companhia de balé, estava insistindo para que fôssemos a todos os restaurantes, teatros e atrações turísticas possíveis, tentando fazer com que eu me apaixonasse por tudo novamente.

Estacionei na frente de nosso triplex de tijolos recém-adquirido no Brooklyn e subi os degraus.

– Aubrey? – eu disse enquanto abria a porta. – Você está aí?

– Sim – ela disse à distância. – E não estou no banheiro.

– Vai estar daqui a pouco. – Andei pelo corredor, mas parei quando a vi pendurando outro quadro em seu escritório.

As paredes estavam cobertas com fotos dela de pé no centro do palco, uma imagem diferente para cada noite em que abrira um espetáculo.

– Preciso mandar construir outro quarto para você e suas fotos? – perguntei. – Você está ficando sem espaço.

– Não, acho que essa é a última.

– Ainda vai se aposentar no final do mês? – Dei um passo atrás dela e beijei-lhe o pescoço. – Ou já mudou de ideia?

– Não vou mudar de ideia. – Ela se virou para me encarar. – Acho que é hora de me concentrar em algo novo.

– Tornar-se a versão feminina do senhor Ashcroft?

– Não vou ser tão ruim assim – disse ela. – Mas preciso de uma pausa, como você disse, acho que...

Balancei a cabeça. Eu era extremamente solidário com sua carreira profissional, viajava com ela para fora do país para ver algumas das apresentações, havia contratado um massagista pessoal que estava sempre por perto e documentava todas as suas realizações que apareciam nos jornais.

Mas, recentemente, havia notado uma mudança, uma mudança em sua atitude: embora ela estivesse feliz quando ia para os ensaios – e ainda mais feliz quando me contava sobre coisas novas que a companhia estava fazendo –, Aubrey parecia estar mais interessada em uma vida fora da companhia, então lhe sugeri que fizesse uma pequena pausa.

Eu ainda estava tentando descobrir como ela havia interpretado minha sugestão de "pequena pausa" como uma "aposentadoria".

– Amei dançar na Rússia – ela sorriu, apontando para a foto. – Você se lembra disso?

– Sim, eu me lembro – respondi, continuando meu ataque a seu pescoço, deslizando já a mão sob sua blusa.

Ela gemeu enquanto eu esfregava o polegar ao redor de seu mamilo e gentilmente mordia sua pele. Mas, então, se afastou.

– Na verdade, preciso que você envie minha carta para a companhia... Tenho de notificá-los oficialmente até às cinco horas.

– Depois do banho. – Apertei sua mão. – Ainda temos quatro horas.

Ela revirou os olhos, mas cedeu e me seguiu para o banheiro.

Liguei a água e tirei sua roupa.

– Se está tão decidida a se aposentar dos espetáculos e apenas dar aulas, vamos ter mais tempo para ficar juntos.

– Mais tempo para você me convencer a deixar Nova York?

– Não temos um motivo real para ficar – eu disse, enfiando os dedos em seus cabelos. – Se vai dar aula, podemos nos mudar.

– E se eu não for dar aula? E se eu, em vez disso, decidir continuar dançando?

– Vou comprar entradas para a temporada toda. – Segurei seu rosto em minhas mãos, erguendo a sobrancelha. – Nunca pedi para você parar em definitivo, Aubrey... Só acho que precisa de uma pausa. Você não tira uma semana de folga há mais de seis anos...

– Vou dar um tempo...

– Isso vai durar mais do que dois dias?

– Muito mais do que isso...

– Duas semanas?

– Vão ser pelo menos nove meses...

– O quê? – Recuei, chocado. Tínhamos parado de usar camisinha quando passamos a morar juntos, mas ela ainda tomava pílula. – O que você está querendo dizer, Aubrey?

– Estou dizendo que você vai ser papai – ela disse, quase sussurrando. – E acho que esse é um motivo bom o suficiente para ficarmos por aqui...

Fiquei em silêncio por alguns segundos, pressionando a palma da mão contra sua barriga.

– Você está bem? – ela perguntou. – Não queria isso? Eu queria lhe contar hoje de manhã, mas você estava com pressa, então...

Interrompi-a com um beijo profundo e puxei-a para mais perto, esfregando as mãos em suas costas nuas.

– Estou mais do que bem... – Olhei em seus olhos. – E sim, isso é algo que eu queria...

Ela murmurou "eu te amo" contra meus lábios e eu lhe disse o mesmo de volta.

Sem fôlego, ela se encostou no boxe do banheiro.

– Pode enviar a carta agora? Seria realmente bom se, pela primeira vez, eu não estivesse atrasada para fazer algo porque você não tem autocontrole e estava muito ocupado me comendo.

– Eu definitivamente vou enviar seu carta. – Suguei seu lábio em minha boca e apertei sua bunda. – Depois do banho.

◆◆◆

FIM DO VOLUME TRÊS

Agradecimentos

Uau! Uau!

Essas serão provavelmente as notas mais não profissionais que um autor pode fazer, mas, para quem me conhece, não será surpresa! HAHAHA

Obrigada, Tamisha Draper, por estar por perto durante toda a minha carreira, por me impelir a fazer o meu melhor sempre e por me lembrar das coisas que são realmente as mais importantes. Eu jamais conseguiria fazer nada disso sem você e, apesar de ter certeza de que seu marido balança a cabeça quarenta vezes toda vez que ligo por dia para você, fico feliz que ignore e me atenda mesmo assim. Você é a melhor amiga que alguém pode ter e não poderia ser mais grata pelo fato de estar ao meu lado, nos momentos bons, nos ruins e nos completamente loucos. Eu te amo.

Tiffany Downs, *Oh my God!*, estou tão feliz por tê-la de volta. Você é o equilíbrio – o perfeito equilíbrio – e seu apoio, seus conselhos e sua amizade significam muito para mim. Obrigada por me dizer que "estilo" é "meu estilo" e que tudo bem ser diferente.

Alice Tribue, OMG! OMG! OBRIGADA! por ser minha âncora nesse mar da autopublicação. Eu não fazia ideia de que os autores podem ser amigos uns dos outros, mas fico muito feliz em ter alguém que entende minha versão de loucura, alguém que está lá por mim haja o que houver, e alguém que, de fato, não acha que eu sou um tédio. HAHAHA

Keshia Langston, você é a escritora mais humilde e honesta que conheço e não tenho palavras para lhe dizer quão reconfortante é saber que existe alguém que "me entende", entende? #VOEALTO (ou, como você mesma diria: #voeamiga. HAHAHA!)

Broke Cumberland, tenho certeza de que não vou ganhar nenhum prêmio tipo "assistente do ano" e que mando as piores mensagens (Ok, deve haver alguém pior do que eu... tem de haver HAHAHA), mas quero que saiba que sua amizade é inestimável para mim. Você é doce, cheia de ideias, compreensiva e, apesar de ser uma doida (sim, você é uma doida! HAHAHA), eu não a trocaria por nada no mundo.

Laura Dunaway, mesmo de longe, mesmo a quilômetros de distância, tenho seu apoio e amor e não posso lhe agradecer o suficiente por estar comigo ao longo dessa jornada.

Bobbie Jo Malone Kirby, estou lutando com as palavras agora porque como posso dizer que te amo mais do que você pode imaginar? Que você acredita em mim mais do que eu mesma e que me mantém sã nisso tudo? Fico feliz demais por ter você em minha vida desde o ano passado – ainda não consigo acreditar na forma perfeita como tudo aconteceu, e agora que você está aqui, agora que me pertence para sempre, nunca mais vou te largar! HAHAHA

Natasha Gentile, obrigada por ser maluca, por não parar de me mandar e-mails e por não parar de me mandar calar a boca e terminar logo esse livro. Você é maravilhosa por dentro e por fora e espero encontrá-la em breve em Montreal...

Natasha Tomic, não tenho palavras para dizer quanto te amo e para agradecer o apoio que deu a mim e a essa série. Tampouco consigo encontrar palavras para dizer quão maravilhosa você tem sido em coordenar tudo e me mandar as mensagens maravilhosas que mandou. Acho você incrível e jamais vou esquecer de tudo o que fez. P.S.: Quando eu encontrar palavras melhores, pode ter certeza que as colocarei aqui.

Nicole Blanchard, obrigada por salvar meu livro. Literalmente. Você não tem ideia de como sua atuação foi crítica e tenho orgulho de você ter feito parte dessa série, ajudando a torná-la cada vez maior. OBRIGADA.

Kimberly Brower, OBRIGADA, OBRIGADA, OBRIGADA por ler e reler esse livro e me ajudar a amenizar cada falha que ele tinha. Você não faz ideia de quanto isso significa para mim! Você me manteve com a cabeça no lugar durante períodos bastante estressantes e eu nunca, nunca vou me esquecer disso.

Obrigada a todos os meus amigos, velhos e novos, que fiz até agora – Kimberly Kimball (você vai arrebentar em setembro, não se preocupe), Stephanie Locke (não vejo a hora de encontrá-la em St. Louis pessoalmente), Michele Kannan (você encontrou seu nome nesse episódio? HAHAHA), Liss Pantano Kane (obrigada por ler tudo e estou pensando seriamente naquilo que conversamos HAHAHA), e Lauren Blakely (você é um modelo para mim e me inspira mais do que imagina).

Obrigada a todos os blogueiros e blogueiras que promoveram essa série e tornaram seu sucesso possível – para listar apenas alguns, Milasy & Lisa, do *The Rockstars of Romance*, Jane & Gitte do *TotallyBooked*, Christine do *Shh Mom's Reading*, Nadine Colling do *Hool Me Up Book Blog*, Michele Cole do *The Blushing Reader Blog*, Lori Economos do *Sinfully Sexy*, Tara e Tracie do *Halos and Horns*, Alison East do *Three Chicks and Their Books*, Hetty Rasmussen do *BestSellers and BestStellars*, Christine Cheff do *Unhinged Book Blog*. Miranda e Amie do *Red Cheeks Reads*, Cara Arthur do *A Book Whore's Obsession* e INÚMEROS outros mais! (Ok, agora falando sério... Eu tenho cabeça mole, então, se não mencionei seu nome, não foi intencional – eu juro! – e, como isto é uma autopublicação, posso adicionar seu nome/blog e subir novamente o livro. HAHAHA. É verdade, é só dizer...)[2]

---

2 A autora refere-se à publicação original da obra, em inglês, que foi feita de maneira independente. (N.E.)

Obrigada a Evelyn Guy pela revisão final, como sempre.

UM MILHÃO DE OBRIGADAS a Erik Gevens por aparecer e formatar tudo (às vezes é melhor deixar isso nas mãos de um profissional HAHAHA).

Por fim, mas NUNCA, JAMAIS menos importante, OBRIGADA aos melhores leitores do mundo! Vocês fizeram os sonhos dessa garota sulista se tornarem realidade e eu lhes devo tudo, TUDO! Sim, este é o último livro de Aubrey e Andrew. Sim, sou conhecida por mudar de ideia, mas acho que esse aqui já deu o que tinha de dar (HAHAHA) E não, não, não, não vou atualizar as vidas deles em meu blog.... HAHAHA, brincadeira. Com certeza vou fazer isso! Amo vocês mais do que vocês possam imaginar e sou imensamente grata por tê-los como parte dessa equipe que amo pra caralho.

Amo vocês pra caralho,

Whit

Este livro foi composto nas fontes Myriad Pro, Courier New, Gothan Book,
Adobe Caslon Pro e impresso em papel *Norbrite* 66,6 g/m² na Imprensa da Fé.